앙코르디카詩

앙코르 디카詩

이상옥 지음

국학자료원

책머리에

그러고 보니, 이제 내가 문단에 나온 지 20년이 지났다. 1989년 《시문학》 11월호로 시단에 나왔으니.

이 책이 우연찮게 20년을 기념하는 시론집. 이 책을 묶으려고 생각할 때는 그런 의미를 부여하지도 않았는데, 따지고 보니 개인적으로 뜻 깊은 일이다.

1990년 《하얀 감꽃이 피던 날》이라는 첫 시집을 내고 그 이후 여러 권의 시집, 평론집 등을 냈지만, 2004년부터 나름대로 특별한 시도를 하고 있다. 그것은 바로 디카시 운동이다. 2004년 4월에 내 온라인 서재에 '디카시'라는 이름으로 연재를 하고, 그 해 9월에 디카시집 《고성 가도(固城 街道)》를 펴내면서 디카시 공론화를 시도했다. 그게 근자에는 하나의 에꼴이 된 듯하다.

지난해만 해도, 반년간 《디카詩》가 2009년 하반기호 통권 6호로 나왔고, 5월에는 제2회 경남 고성 디카시페스티벌이 열렸고, 7, 8월 매주 토요일 디카시를 콘텐츠로 하는 행사가 세종문화회관 주관으로 시의 섬 선유도에서 열렸다. 그리고 2009 문인 초청 고성생명환경농업 디카시체험한마당이 10월 14일 고성생명환경농업 현장 일원에서 열렸다. 나는 디카시라는 이름으로 시집뿐만 아니라 잡지, 그리고 디카시를 콘텐츠로 하는 벅찬 행사를 기획했던 것이다.

그러면 다시, 디카시란 무엇인가.

디카시는 자연이나 사물에서 시적 형상(날시)을 디지털카메라로 포착하고, 다시 문자로 재현하여 '영상 + 문자'로 표현하는 디지털 시대의 새로운 시다.

문득, 한 편의 시를 만나는 경우가 있다. 이건 시인이 쓴 시라기보다 자연이 혹은 신이 쓴 혹은 선물한 시라고 하는 편이 옳다. 자연이나 사물에서 문자로 기록되어 있지 않을 뿐인, 완벽한 시의 형상을 발견하고, 저건 바로 시인데, 하고 놀랄 경우가 있다. 그걸 새로운 세대의 펜인 디카로 찍어서 영상프레임으로 가져와서 문자로 재현하는 것. 그게 디카시다.

영상과 문자가 한 몸이 되는 시, 영상은 영상대로 문자는 문자대로 따로 존재하지 못하고 둘이 온전히 하나의 텍스트가 되는 시, 마치 내가 정신과 육체로 하나의 텍스트로 존재하듯이.

이렇게 단순하고 소박한, 천진난만한 명제를 단초로 나는, 디카시론을 나름대로 정립하기 시작했다. 2007년 펴낸 소박한 첫 디카시론집《디카詩를 말한다》이후 이번에 디카시에 관한 생각들을 다시 모아 '앙코르 디카詩'(?)라는 이름으로 세상에 내보낸다.

이 책은 디카시에 대한 나의 생각을 각기 다른 자리에서 다양한 형식(논문, 평론, 강연, 칼럼 등)으로 말한 것을 묶은 것이기 때문에 같은 작품이 중복 예시되거나 같은 맥락의 논지가 다소 반복적으로 드러날 수 있음을 밝혀둔다. 이는 디카시의 정체성을 드러내기 위한 고육책임을 해량해주기 바라며, 또한 그 반복되는 논지야말로 디카시의 핵심원리라고 읽어주기 바란다.

책을 묶은 순서는 첫번째 책과 마찬가지로 발표순으로 했다. 부록은 저자가 참여한 디카시 대담으로 역시 순서대로 묶었다. 이 책을 읽어 가면 디카시에 대한 저자의 생각의 추이를 확인할 수 있을 것이다.

그동안 디카시 얘기를 너무 많이 한 것 같다. 이제 디카시에 대해서 내가 할 말은 거의 다 한 셈이니, 새로운 이론가들이 나서서 디카시론을 진보시켜주면 좋겠다.

이 작은 책의 출간을 계기로 경남 고성을 본거지로 하는 디카시 운동이 요원의 불길처럼 일어나기를 기대해 본다. 그동안 디카시 운동에 동참해준 여러 문인들께 감사드린다. 특히 고향 선배이신 김종회 교수께 감사드리고 싶다.

2010. 5
저자

|차례|

디카로 찍는 詩;
디카詩 에 대하여

1. 들어가며

디카詩는 내가 처음 공론화했기 때문에, 디카詩를 말하다보면 내 개인적인 얘기가 되는 것 같아 송구스럽다. 먼저 해량해주기 바란다.

얇은 속옷 같은
어둠이 은은히 드리워진
봄날의 캠퍼스
늦은 강의동 몇몇 창들만 빤히 눈을 뜨고
— 이상옥, 〈봄밤〉

올 5월에 평론집 《디카詩를 말한다》(시와 에세이)라는 단행본을 출간했지만 아직 디카詩에 대해서 할 말이 많다. 나는 2004년 4월 2일부터 동년 6월 19일까지 한국문학도서관 서재(http://member.kll.co.kr/lso/)에 50편의 디카詩를 연재했다. 인용 시가 연재 첫날 쓴 작품이다. 이런 디카詩를 두 달 반 남짓 50편 썼다는 것은 그만큼 내가 디카詩에 몰입했다는 의미다. 나는 디카詩를 창작하면서 곧바로 디카詩 이론 정립과 공론화에도 박차를 가했다.

디지털 시대의 새로운 시의 장르 개념으로 '디카詩'를 공론화한 지 3년이 지나면서 이제 디카詩가 점점 제자리를 찾아가는 듯하다.[1]

---

1) 정통 시전문문예지 《다층》에서 기획특집으로 디카詩를 다루는 것도 그렇고, 지난 4월 29일에는 한국사이버외국어대학교의 한국어학부의 '문학의 이해' 과목에 디카詩를 단원 개설하고 예시로 디카詩 〈고성 가도〉를 넣겠으니 허락해 달라는 메일을 받은 바도 있다. 그리고 무엇보다 다음 카페 '디카詩 마니아'를 위시하여 여러 사이트에서 디카詩라는 이름으로 많은 작품들이 발표되고 있고, 디카詩 이론 또한 상당히 축적되어 있다는 점에서 '디카詩'가 누구의 말처럼 하나의 해프닝으로 끝나지는 않을 듯하다.

2. 디카詩와 포토포엠

이 글을 쓰는 중에 모 일간신문에서 "한국인 넷 중 1명 DM족 그들이 문화세상 바꾼다"라는 테마로 기사화한 것을 읽은 바 있다. 소위 DM족이 우리 시대의 문화 지형을 새롭게 열어가고 있다는 것이다. DM족은 "디지털 수신장치를 이용해 시간과 장소에 구애받지 않고 영상, 소리, 문자 등의 콘텐츠를 접하는 미디어 소비자"를 일컫는다.

얼마 전까지만 해도 네티즌이라는 말도 생소했는데, 이제는 DM족이라는 새로운 용어도 그리 낯설지가 않다. 홈페이지, 카페, 블로그 등의 새로운 소통 환경은 나날이 진보하면서 특별한 지식이 없어도 누구나 활용할 수 있는 대중적 시스템을 갖추고 있기 때문에, 펜으로 종이에 문자를 쓰던 기존의 시의 개념만으로는 디지털 시대의 시적 욕구를 충족시킬 수 없는 것이다.

이런 새로운 환경에서 사진과 문자, 즉 멀티언어를 매체로 하는 새로운 양식으로 등장한 것이 디카詩다.

그런데, 사진과 시의 단순한 병치 양식인 포토포엠(PhotoPoem)과 디카로 찍는 詩의 양식인 디카詩를 혼동하는 경우가 없지 않다.

최근 김영도 교수가 〈사진과 시의 새로운 장르 탐색; 포토포엠(PhotoPoem)〉[2]에서 시와 사진의 융합 모델로 포토포엠(PhotoPoem)를 제안하여 관심을 끈 바 있는데, 이 경우도 디카詩와 포토포엠을 정확하게 구분하지 못한 사례가 된다.

---

2) 올 4월 27일 한국문학이론과 비평학회 2007 전국학술대회(장소: 부경대학교 환경연구동 대회의실) 제3부 문학과 영상 발표 주제.

사진의 언어 텍스트로의 특성을 활용한 전략은 이미 정통 사진 문맥에서 포토 저널리스트를 중심으로 있어 왔다. 그것의 대표적인 것이 포토 에세이인데, 요즘 포토 에세이는 전통 포토 에세이 형식과 달리 사진적인 느낌을 기초로 문자를 적극적으로 생성하는 양상으로 발전하고 있다. 그 한 흐름이 디카 에세이나 디카시란 모습으로 디카 매니아를 중심으로 번지는 것이다. 물론 이것은 정통 시의 문맥에선 아마추어적인 현상이다. 하지만 이런 흐름을 적극수용한 경향신문은 '딴 죽문화상'이란 잡지의 새로운 형태의 신춘문예 부문에 디카 에세이를 도입하여 공모하고 있다. 또한 무크지 《디카詩 마니아》란 잡지의 창간도 디카 매니아들의 사진과 글쓰기의 현상을 수용하는 예이다. 이렇게 단상과 산문시 그리고 에세이와 유사한 형태로 번지고 있는 디카 에세이나 디카시를 시적 차원에서 좀더 조탁하여 새로운 장르 모색의 디딤돌로 활용 가능하리라 본다. 그런데 디카시나 디카 에세이의 디카(Digital Camera)는 상당히 기술 지향적 측면의 단어이다. 따라서 콘텐츠 개념으로 사진과 시의 특성을 지칭하는 용어로는 부적절하다.

김 교수의 논문은 사진학적 관점에서 시와의 접점을 모색하는 것으로 시학적 관점에서 사진과 시의 접점을 모색해온 나로서는 학제간의 소통이 긴요함을 실감했다. 이 논문의 토론자로 참석한 나는, 사진과 시가 보다 진화된 이코노텍스트(Icnotext)로서의 새 장르를 구축할 수 있다는 논지에 공감하면서 디지털 영상과 시의 새로운 상생적 장르 가능성을 새삼 확인하는 계기가 되었다. 그럼에도 불구하고 나는 다음과 같이 이견을 제시했다.

포토포엠은 선생님이 말씀하는 이코노텍스트로서의 새 장르 개념보다는 시화

개념과 같이 단순히 사진과 시를 결합시키는 측면이 우세한 듯합니다. 가령, 시를 창작해 놓고 그 시에 어울리는 사진을 병치하는 형식이라든지, 아니면 사진을 찍어놓고 그 사진에 어울리는 시를 병치하는 형식이라는 것이지요. 따라서 선생님이 제안하는 사진과 시가 각자의 매체 특성을 유지하면서 융합된 형식으로서 사진 이미지의 도상성 속에 내재된 지표적 특성을 활성화시키고, 시는 상징적 특성을 지표적 영역까지 끌어내려 주는 언어 전략은 포토포엠보다 진일보된 양식으로 보입니다.

선생님은 디카詩나 디카 에세이의 디카(Digital Camera)는 상당해 기술 지향적인 측면의 단어여서 콘텐츠 개념으로 사진과 시의 특성을 지칭하는 용어로는 부적절하다고 지적했습니다만, 이미 2007 조선일보 '사이버 신춘문예' 가 한국 일간지 역사상 처음으로 "응모자의 디카로 찍은 사진과 함께 쓴 에세이" 라는 새로운 장르 개념으로 '디카 에세이' 를 공모해서 큰 반향을 일으켰고, 역시 선생님도 지적한 바와 같이 올해 경향신문에서도 최근 젊은이 사이에 인기 높은 '디카' 를 통한 글쓰기를 문학 차원으로 끌어올리기 위해 '디카 에세이' 부문을 신설했습니다.

이런 관점에서도 디지털 시대의 사진영상과 시의 상생의 새로운 장르로서의 명칭은 '포토포엠' 보다 더 진화된 양식인 '디카詩' 가 적합하지 않을까요?

이미 지적한 대로 실상 포토포엠은 사진과 시를 단순하게 병치하는 형식으로, 그림과 시를 단순하게 조합하는 전통적 의미의 시화와 같은 개념이다. 사진과 시를 단순하게 병치하여 인터넷에 올리는 포토포엠은 디카詩 이전의 소박한 양식으로 볼 수 있다.

포토포엠에서 보다 진화한 양식이 디카詩다.

3. 현실과 예술의 벽 허물기

디카詩는 詩와 유사한 이미지의 사진을 조합하여 병치하는 포토포엠을 넘어서는 이코노텍스트[3]로서의 진화된 새로운 양식이다. 여기서 현실과 예술의 경계는 허물어진다.

현실과 예술의 경계가 무화되는 것은 그렇게 낯선 일만은 아니다. 뒤샹이 1917년 발표한 〈샘〉이라는 미술 작품만 해도 현실과 예술의 경계를 넘나든다. 이 작품은 뉴욕의 화장실용품 전문 제조업자인 '리차드 머트'의 이름에서 따온 'R MUTT'란 사인이 되어 있는, 남자 소변기[4]를 위치를 바꾸어 전시한 것이다.

기존의 통념에서 보면 변기를 예술로 인정할 수 없다. 그래서 이 작품도 예술

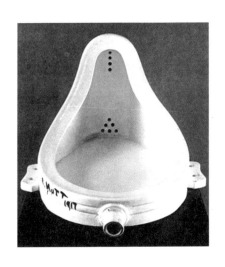

가의 독창성이 없는 변기에 불과할 뿐이라는 이유로 전시회 장소에서 쫓겨날 정도였으나, 수십 년이 지나고 나서는 가장 영향력 있는 현대미술 작품으로 선정되어 현대 미술의 신화가 되었다는 것이다. 따라서 이 작품은 작가가 직접 창조하지 않은 '레디메이드'(readymade)도 예술이 된다는 것을 잘 보여주는 예라고 평가받는다. 뒤샹의 작품을 통해서 보

면 예술가는 "창조하는 대신 선택하는 사람"이라는 말이 실감난다.

---

3) 김영도 교수가 위의 논문에서 포토포엠을 제안하면서 도입부에 원용한 이코노텍스트 개념은 오히려 포토포엠보다는 디카 詩에 더 잘 적용된다.
4) '변기' 사진 http://blog.naver.com/iaminee/100033963008에서 스크랩.

디카詩도 현실 속에서 시를 포착한다는 점에서는 역시 창조보다는 선택이라고 볼 수 있다. 이런 점은 현실과 예술의 경계를 허무는 뒤샹의 〈샘〉과 같은 맥락이다. 현실은 문자詩에서는 소재가 된다. 리얼리즘 시 같은 경우에는 현실과 시의 거리가 매우 가깝게 드러나지만, 그래도 역시 현실 자체가 시라고 보기는 힘들다. 디카詩에서는 시인이 영감으로 포착한 현실 자체를 '날시' (그렇다고 모든 현실이 날시가 되는 것은 아니다)로 보고 그것을 육화하듯이 언어로 옮겨 놓는다.

하늘이 땅위에 쓰는 저 상형문자
눈이 순백하여 가없이 순결하듯
순결한 눈이 착한 곳에 제일 먼저 내리듯
그리하여 눈이 따뜻한 몸에 가장 오래 머물듯
순결하고 착하고 따뜻한 영혼만이
하늘의 서정시를 조용조용 읽고 간다
　　―정일근, 〈눈을 읽다〉

나무토막 위에 싸인 눈, 그 자체가 '하늘의 서정시'라고 읽는다. 언어 너머의 현실 자체가 이미 시, 날시다. 그것을 디카로 포착해내고 다시 문자로 재현하는 것이다. 이것은 '눈을 읽다'라는 제목으로 하나의 텍스트로 존재한다. 이 텍스트는 사진과 문자가 각각의 정체성과 독립성을 어느 정도 유지하면서도 분리될 수 없는 독자적인 제3의 텍스트를 구축한다. 마치, 인간의 영혼과 육체가 결합하듯이, 사진과 문자는 동일성의 개념으로 한 몸, 하나의 텍스트가 되는 것이다.

4. 주객의 전도와 서정적 비전

디카詩는 현실 속에서 시적 형상을 (극)순간 포착한다는 점에서 전통적 의미의 창작자로서 시인의 개념보다는 에이전트로서 선택자나 포착자라는 개념이 우세하다. 소위 랭보가 말한 견자로서의 시인이라고 보아도 좋다. 어떻든 디카詩는 현실 속에 존재하는 시적 형상을 극순간 포착하여 그것을 사진과 문자인 멀티 언어로 형상화한다는 점에서 기존 시의 개념과는 다른 국면이다.

견해의 차이가 다소 있을 수 있겠으나, 기존의 경우에는 창작의 주체는 시인이고, 시의 대상인 현실(사물)은 객체다. 그런데 디카詩는 현실이 주체가 되고, 시인은 객체가 된다는 점이다. 디카詩에서 시인이 현실 속의 시적 형상을 포착한다는 점에서 주체처럼 보이지만, 실상은 시적 형상을 포착하여 그것을 전달해 준다는 점에서는 현실이 주체고 시인은 객체가 되는 것이다.

기억은 늘 떫은 맛 뿐이어서
삶이 떫떠름해지는 것인가!
— 유행두, 〈빛 좋은 개살구〉

시인은 길을 가다가 빛 좋은 개살구를 보면서 생의 떫떠름해지는 것을 읽는다. 이것은 시인의 말이라기보다는 개살구의 말이다. 시인은 단지 극순간적으로 그 음성을 듣고 받아 쓴 것이다.

디카詩는 극순간의 시적 형상, 사물의 언어를 포착하기 때문에 사진과 짧은 문자 언어로 표현된다. 물론 모든 디카詩가 이렇게 짧은 형식으로 된 것은 아니다. 그러나 디카詩의 서정적 비전은 극순간 포착의 서정성 추구이기 때문에 바람직한 디카詩는 운명적으로 짧은 문자 언어를 지닐 수밖에 없다.

디카詩가 시적 형상을 디카로 극순간 포착한다는 점에서 디카詩의 사진도 굳이 예술사진일 필요는 없다. 보다 중요한 것은 시적 형상을 띤 현실(사물)을 포착하는 데 초점을 맞추어야 하는 것이다.

빨간색 비닐 빗자루 쓰다 둬도 빳빳하다
몽당 빗자루여도 구석구석 잘 쓸리고
내실을 쓸때 보다도 거친 봉당 제격이다
　　　　─이상범, 〈비닐 빗자루 ─ 붉은자귀나무에게〉

이상범 같은 경우에는 사물에서 포착한 시적 형상을 보다 잘 드러내기 위해서 여러 차례에 걸쳐 찍고 그 중에서 하나를 선택하고, 나아가 포토샵도 하여, 사진 영상 자체가 하나의 예술의 경지에 오르도록 손질에 손질을 거듭한다. 이런 과정을 거쳐서 디카詩는 보다 높은 예술의 경지를 확보할 수 있다고 볼 수 있다.

그러나 여기서 디카詩가 가진 특성인 극현장성이나 날시성이 축소될 수 있다는 점을 간과해서는 안 된다. 디카詩에서 보다 중요한 것은 사진의 예술성보다는 시적 형상의 현장감 넘치는 생생한 리얼리티이기 때문이다.

5. 나가며

한정된 지면에서 디카詩를 말하다보니, 말하다가 그만 중단해버린 듯하다. 아쉬움은 무크《디카詩 마니아》창간사의 일부를 소개하는 것으로 대신한다.

디카詩와 기존의 문자詩와의 차이도 수석과 조각의 그것과 같다. 디카詩의 언어화하는 작업은 수석가가 포착한 수석에게 알맞은 이름을 불러주는 명명 행위와 같다.

자연이나 사물, 혹은 사건은 입이 없다. 그들은 침묵의 언어를 지니고 있을 뿐이다. 그래서 사람들은 귀가 있어도 듣지 못한다. 그들은 끊임없이 인간에게 말하고 있지만 그 말을 알아듣지 못하니까, 얼마나 답답하겠는가. 시는 한 송이 꽃의 형상을 입고 있기도 하고, 새의 형상을 입고 있기도 한다. 어디 꽃과 새뿐이겠는가. 계곡을 흘러내리는 물이나 천진난만한 아이의 웃음이나 아니면 교통사고 현장 속에도 시적 형상은 깃들여 있는 것이다.

나는 자연이나 사물, 사건에 깃들인 시의 형상(극순간적 감동의 형상)을 날시(raw poem)라고 명명한 것이다. 그렇다면 디카詩는 날시의 포착에서부터 시작되는 것이다. 즉, 날시(raw poem)를 디지털카메라로 찍는 것이 시 창작의 단초다.

디지털카메라로 포착한 날시는 여전히 침묵하는 언어인데, 시인이 그 침묵의 언어를 듣고 옮겨 놓으면 디카詩는 완결되는 것이다. 그래서 디카詩는 날시를 디지털카메라로 찍어 문자로 재현한 시라고 정의한 것이다.

디카詩는 '사진 + 문자'로 이루어져 있기 때문에 멀티 언어 예술인 것이다. 그러나, 실상 디카詩는 언어 예술이기도 하다. 디카詩의 '사진' 역시 침묵하는 언어

이기 때문이다. 아무튼 디카詩가 사진과 문자로 이루어져 있지만 이 둘의 관계는 동체의 개념이다. 사람에게 영(정신)과 육이 둘이지만 동체이듯이, 사진과 문자는 사진이 문자이고 문자가 사진인 동일성의 개념이다. 사람에게 육체가 영의 인카네이션이듯이, 문자는 사진(침묵)의 인카네이션이다. 이런 점에서 디카詩는 기존의 시화나 시사진과는 다른 새로운 개념이다.

(2007년 여름)

고성 가도(固城 街道)에서
'디카詩'를 꿈꾸다

고성과 디카詩

나는 디카시집 《고성 가도(固城 街道)》(문학의 전당, 2004) 후기 〈 '언어 너머 시' ……〉에서 아래와 같이 지적한 바 있다.

> 지난 4월 초순부터 6월 중순 무렵까지 '언어 너머 시' 의 노다지를 경험할 수 있었다. 고성 가도를 중심으로 한 출근길이나 퇴근길, 산책길 혹은 연구실 어디서든지 '언어 너머 시' 가 노다지처럼 보인 것이다. 그때마다 순간 순간 디카로 찍었다.

그 당시 나는 어머니가 편찮아서 고향 시골집에서 마산으로 출퇴근했는데, 그때 고성 가도를 오가면서 디카시 창작과 아울러 이론 정립에 몰입했던 것이다.

나는 언제부턴가 시가 언어 너머에도 존재한다고 믿어왔다. '언어 너머의 시' 는 아직 언어로 표현되지 않았을 뿐이지 완전한 시의 형상을 스스로 확보하고 있는 것으로, 그것을 나는 '날시' 라고 명명한 바 있다.

디카詩는 언어 너머의 시, 즉 날시를 디지털 카메라로 찍어 문자로 재현하는 것이다. 날시가 디카로 포착되어 영상으로 액정 모니터에서 컴퓨터로 전송되어 실현되고, 그것은 다시 한번 문자 재현을 통해서 보다 온전하게 실현된다. 즉 자연이나 사물에서 포착된 날시가 '영상 + 문자' 로써 형상화되면서 '날시' 의 '날' 을 떼고 완전한 시(디카詩)로 드러나는 것이다.

> 내가 그의 이름을 불러주기 전에는

그는 다만

하나의 몸짓에 지나지 않았다.

내가 그의 이름을 불러주었을 때

그는 나에게로 와서

꽃이 되었다

    — 김춘수, 〈꽃〉 부분

  디카시도, 이름을 불러주기 전에는 '하나의 몸짓' 에 지나지 않던 것이 꽃이라고 그의 이름을 불러주니까 '꽃' 이 되는 것과 같은 원리다. 자연이나 사물 속에서 언어 너머 시가 시적 형상을 온전히 갖추고 있더라도 그것은 아직 '하나의 몸짓' 에 불과한 것이다. 그것은 시인에 의해 포착되기 전까지는 시로서의 존재 가치를 인정받지 못하고 있다가, 시인이 디카로 찍어 문자로 재현할 때(이름을 불러주는 것) 비로소 시(디카詩)로서 제대로의 가치를 인정받게 된다.

비 내리는 봄날 늦은 오후
구형 프린스는 통영 캠퍼스로 달린다
차창을 스치는 환한 슬픈 벚꽃들 아랑곳 하지 않고
쭉 뻗은 고성 가도街道의 가등은
아직 파란 눈을 켜고 있다
    —〈고성 가도固城 街道〉전문

  이 시는 '고성 가도' 로 출퇴근하면서 쓴 디카시를 묶어서 출간한 디카시집

《고성 가도》의 표제시다. 벚꽃이 흐드러지게 핀, 비 오는 어느 봄날 통영캠퍼스 야간 수업을 하기 위해서 가던 길에 포착한 것이다.

지난 7월 12일 이 디카시의 현장을 찾아 역시 구형 프린스를 타고 달렸다. 이 시를 쓸 때는 봄날이었는데, 벚꽃은 자취도 없고 온통 신록으로 물들어 있었다. 이 시의 현장은 고성터널을 조금 지난 곳에 위치해 있다.

그 당시 고성 터널 가는 길가에는 벚꽃들이 만발했었다. 그때, 터널을 지나기 전에 차를 멈추고 주변의 벚꽃들을 감상해보고 싶은 마음은 굴뚝같았지만, 강의 시간에 맞추기 위해서 차를 계속 달려야 했었다. 터널을 지나니, 고성 가도의 신호등은 노란불과 파란불이 동시에 켜져 있었다. 곧 빨간 신호로 바뀌게 되는 순간이므로 빨간불이 들어오기 전에 어서 속히 달려가라는 메시지로 읽혀졌다. 이는 삶의 진실을 환기하는 소위 날시였던 것이다. 그래서 운전 중에 그 순간을 디카로 포착하고 문자 재현한 것이 바로 디카시 《고성 가도》다.

고성 공룡세계엑스포 행사장 당항포관광지, 그리고 고성장날 풍경

나는 고성터널을 지나 디카시 《고성 가도》의 현장에서 잠시 상념에 잠기다가 '2009 경남 고성 공룡세계엑스포 행사장'인 당항포관광지를 둘러보기로 했다.

— 호수 같은 바다가 있는 당항포관광지

— 상족암 공룡발자국

디카시의 현장 부근에서 왼쪽으로 꺾으면 바로 당항포관광지다. 당항포관광지는 고성군 회화면과 동해면 사이의 당항만에 위치해 있는데, 임진란 때 이순신 장군의 당항포해전 대첩으로 널리 알려져 있는 곳이다. 충무공 이순신 장군은 당항포대첩에서 선조 25년(1592년)과 27년(1594년) 두 차례에 걸쳐 왜선 57척을 전멸시켰다. 이충무공의 멸사봉공의 혼이 깃든 이 당항포대첩지는 고성군민들이 뜻을 모아 1987년 11월 당항포관광지로 거듭나게 되었다.

당항포관광지에는 이충무공 기념사당, 기념관, 대첩탑 등의 기념물이 있으며 호수보다 잔잔한 당항만을 따라 긴 해안로 동백숲, 모험놀이장, 해양레포츠시설 등 각종 가족놀이 시설이 있다. 그리고 공룡알, 어패류화석 등을 전시한 자연사관, 야생화와 어우러진 자연조각공원 및 수석관으로 구성된 자연예술원, 1억년 전 물결자국, 공룡발자국화석 등은 다목적관광지로서의 면모를 골고루 갖추고 있다.

오랜만에 들른 당항포관광지는 공룡세계 엑스포 때문에 더 많이 정비가 된 것 같았다. 당항포관광지는 이제 국내뿐만 아니라 세계적인 관광지로 도약하고 있다.

당항포관광지를 둘러보고는 차를 계속 몰아 다시 고성 가도를 달렸다. 갑자기 고성읍 구시장을 둘러보고 싶어서였다. 백석의 〈고성 가도(固城 街道)〉의 첫 구절이 떠올랐기 때문이다.

백석은 1936년 3월 5일부터 3월 8일까지 《조선일보》에 〈남행시초(南行詩抄)〉를 4회에 걸쳐 연재했는데, 7일 연재한 것이 바로 〈고성 가도(固城 街道) – 남행시초(南行詩抄) 3〉이다.

고성(固城)장 가는 길

해는 둥둥 높고

개 하나 얼린하지 않는 마을은

해발은 마당귀에 맷방석 하나

빨갛고 노랗고

눈이 시울은 곱기도 한 건반밥

아 진달래 개나리 한창 피었구나

가까이 잔치가 있어서

곱디고운 건반밥을 말리우는 마을은

얼마나 즐거운 마을인가

어쩐지 당홍치마 노란저고리 입은 새악시들이

웃고 살을 것만 같은 마을이다
　　　— 백석, 〈고성 가도(固城 街道) – 남행시초(南行詩抄) 3〉 전문

　　백석은 1935년 그의 나이 24세 때 어느 날 친구 결혼식 피로연에서 평생의 구
원의 여인으로 일컬어지는 통영 출신으로 당시 이화고 학생이었던 '난(蘭)'을
만나 그만 사랑에 빠져버렸다. 그래서 백석은 난을 생각하며 통영을 갈 때 길목

인 고성도 지나게 된 것이다. 그때 노래한 것이 바로 〈고성 가도〉다. 이 시는 1936년경의 고성의 이미지를 생생하게 보여주고 있다는 점에서도 주목된다.

백석이 사랑에 빠진 상태로 노래한 고성의 풍경은 이채롭기만 하다. 개 하나 얼씬 하지 않게 고요하지만, 조만간 있을 잔치를 준비하는 듯 마당귀 맷방석에 빨갛고 노랗고 곱디고운 건반밥(약밥)을 말리는 마을 주변에는 진달래 개나리가 한참 피었다. 그의 눈에 비친 마을은 평화롭고 즐겁기만 하다. 그래서 그에게 고성은 당홍치마 노란 저고리 입은 새악시들이 웃고 살 것만 같은 마을 이미지로 너무나 아름답게 각인된 것이다.

아마, 백석은 사랑하는 '난'과 함께 치르고 싶은 혼인잔치를, 평화롭고 아름다운 고성 마을에서 꿈꿨을 지도 모른다. 마을의 잔치가 자신과 난을 위한 것이라는 시적 환상에 빠져 흐뭇했을 법하다.

—상족암에서 바라본 아름다운 한려수도

백석의 시에서 노래한 고성장 가는 길 풍경은 이제는 자취도 남아 있지 않았다. 고성이 소읍이지만 차량이 즐비하고 도로변에는 현대식 건물들이 죽 서 있었다. "개 하나 얼린하지 않는 마을"이라는 시 속의 마을은 어디에서도 찾아보기 힘들었다. 고성읍내 외곽지 역시 마찬가지였다.

—고성 구시장 풍경

그래도 고성 구시장은 어느 정도 옛날 정취가 남아 있을 것 같았다.

역시나 구시장 풍경은 예나 지금이나 별반 변한 것이 없었다. 좁은 골목에 전을 펼쳐 놓은 아주머니들이 채소며 과일, 고기 등 잡다한 것들을 파는 모습은 아직 시골장의 모습이었다. 구시장을 잠시 돌아보고는 일정이 빠듯해서 그만 마산으로 급히 돌아오고 말았다.

짧은 일정이어서 아쉬움이 컸지만 디카시의 현장인 가성 가도를 다시 달리며 지난날을 추억할 수 있어 좋았다. 백석이 아름답게 노래한 내 고향 고성, 이 아름다운 고성 '고성 가도'를 오가며 나는 디카詩라는 디지털 시대 새로운 시를 꿈꾸었던 것이다.

(2007년 가을)

현대시의 미래, 디카詩

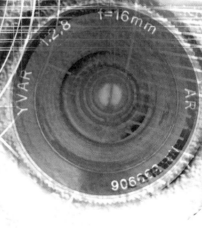

1. 시의 새로운 소통 환경

얼마 전 디카시 편집위원 위촉 관계로 서울의 어느 시인과 전화를 하면서 시의 소통에 대해서 의견을 나눴다. 우리 시단에 나름대로 이름을 가지고 있는 시인이지만, 자신은 요즘 젊은 시인들의 시가 도무지 이해가 되지 않는다고 했다. 최고급 독자라고 할 수 있는 자신이 읽어 이해가 되지 않으니, 일반 독자는 오죽하겠느냐는 투였다. 그래서 자신은 요즘 시를 가려서 읽는다고 한다.

이런 현상에 대해서 나도 우려를 가지고 있었고, 이에 대해서 여러 자리에서 의견을 표한 적도 있다. 그러나 따지고 보면 이 같은 현상은 어제 오늘의 일이 아니고, 또한 이상한 일도 아니다. 시는 예술이기 때문에 일상의 코드를 시적 코드로 업그레이드시키는 과정에서 큰 변환이 이루어지는 것은 두말할 여지가 없다.

실상, 우리네 일상도 이해가 되지 않을 때가 얼마나 많던가. 때로는 눈앞에 펼쳐지는 사건조차 정말, 이해되지 않는 경우가 흔하다. 그 일상이 예술로 변환되어 새로운 시적 질서를 구축하게 된 언어의 미적 구조물인 시가 어찌 쉽게 이해될 수 있겠는가. 이제까지 현대시의 난해성이라는 담론이 끊임없이 생산되어 왔지만 쉽게 해소되지 않는 근원적인 이유는 바로 예술과 난해성은 동전의 양면과 같기 때문이다.

그럼에도 불구하고 오늘의 독자는 멀티 독자가 주류를 형성하고 있다는 사실을 직시해야 한다. 이전에는 비록 시가 난해하더라도 그것이 예술성에 기인하는 것이라 믿고 시적 코드를 이해하려고 애쓰며 그 자체가 보다 높은 삶의 지향이라고 생각했다. 그러나 지금은 독자들이 그렇게 생각하지 않는다. 대부분 이제는 영상 코드로 사유하는 것이다.

디지털 환경 이전에는 문자가 의사소통 회로의 최전선에 있었다. 영화, 텔레비전이 나타나서 문자의 위상을 다소 흔들어 놓기는 했지만 여전히 문자는 그의 왕국을 영위할 수가 있었다. 그러나 이제는 디지털이라는 확연히 다른 환경이 된 것이다. 지난 명절에 내게 추석 안부를 전해준 것은 전화도 아니고 휴대폰 문자 메시지였다. 그런데 문제는 문자 메시지라고 순수한 문자로만 보내는 것이 아니었다. 문자와 함께 이모티콘이나 사진, 동영상이 곁들여진 멀티 언어로 보내진다는 사실이다.

디지털 환경이 문자 언어 중심의 소통에서 디지털 멀티 언어 중심으로 바꾸어 놓았다는 따위의 말은 이제 식상하게 들릴 정도다. 그래도 여전히 시는 언어에술로서 문자로만 이루어지는 것이라고 생각하고 있지는 않는지.

작가들은 의외로 진보적인 듯하면서도 보수적이다. 작가 최인호가 어느 일간 신문과의 인터뷰에서 기자가 요즘도 줄기차게 만년필로 쓰느냐고 물으니까, 컴퓨터로 안 쓰는 작가로서 자신과 김훈을 거론하며 "컴퓨터 안 하는 거 정말 행복해. 사람들이 그걸 왜 모르지?"라고 대답했다. 그러니까, 기자가 "컴퓨터 안 해도 먹고 살 수 있다면야 행복하지요. 저 같은 사람은 그거 안 하면 빌어먹습니다."라고 하니까, "어, 그러면 곤란하겠네."라고 말했다. 이렇듯 문자의 왕국에 젖어 있는 작가들이 선뜻 새로운 세계로 넘어서기는 쉽지 않다.

지금 시의 환경이 얼마나 바뀌어져 있는가를 이제는 진지하게 생각해 봐야 한다. 시도 독자에게 다가가는 방식이 언제부턴가 영상화되고 있다. 인터넷 한국문학도서관에서 '시의 향기로 여는 아침'이라는 이름으로 시를 매일 아침 영상과 함께 이메일로 배달하는 것이나 문학나눔사업 추진위원회에서 다양한 시의 영상화 형태로 이메일로 배달하는 것 등에서 보듯 독자를 위한 인터넷 영상 시 배달 서비스가 이젠 낯선 풍경이 아니다. 이런 새로운 방식으로 독자를 만나는 것은 더 이상 기존의 방식만으로 시의 소통 위기를 극복할 수 없다는 인식에 기인하는 것이다.

2. 디카詩, 지평 확대

지금은 디지털 시대다. 아날로그를 고집하는 사람들도 있지만 우리 주변이 점차 디지털화되면서 의사소통도 자연스럽게 디지털화되고 있다. 나도 어지간히 아날로그적이라는 생각이 든다. 시의 영상화 혹은 디지털화라고 할 수 있는 디카詩를 주창하면서도 실상, 나는 휴대폰 문자 보내는 것도 귀찮아서 하지 않았다. 아니, 보내는 방법을 몰랐다. 그런데 얼마 전에야 마음을 바꾸어 휴대폰 문자 메시지 및 멀티 메시지 보내는 법을 배웠다. 이는 변종태 시인에게서 기인한다.

나의 신발 한 짝..
어디론가 가고 싶어 하는 저 포즈...
생(生)이 실리지 않은 홀가분함..
우리의 안식이 저러기를..
— 변종태, 〈생(生)의 여유〉

변종태 시인이 내 휴대폰으로 보내온 멀티 메시지다. 즉, 휴대폰으로 한 편의 감동적인 디카詩를 받은 것이다. 변 시인은 휴대폰의 디카로 사물을 포착하여 문자화하는 디카詩 창작작업을 해오고 있었다. 변 시인이 휴대폰으로 디카시를 찍어 독자에게 보내는 이 작업이 내게는 큰 영감으로 다가왔다. 이것이야말로 오늘의 시 현실이라고.

문자예술인 시가 디지털 시대를 맞아 자연스럽게 영상과 결합하여 이제 디지털 방식으로 스스로 소통하기 시작하고 있지 않는가. 문자와 영상이 하나의 텍스트가 되어서 소통하는 디카詩의 시대가 급속하게 도래하고 있는 것이다.

문자와 사진영상이 대화하면서 궁극에는 하나의 몸, 하나의 텍스트화로 진화해온 것이다. 처음에는 포토포엠이라는 이름으로 시와 사진영상이 결합하는 방식이었다. 포토포엠은 그림과 시의 관계인 시화와 마찬가지다. 일반적으로 시가 먼저 씌어지고 그와 어울리는 사진영상을 병치하는 방식이 포토포엠이다.

지하도
비틀거리는 나이 든 노숙자(?)
아저씨, 집이 어디요? 했더니 여기!
라 한다.
잠시 더 따르니
반쯤 쓰러진다.
집이 어디냐, 다시 물으니
나머지 반팔을 마저 쓰러뜨리면서
나직하고 단호하게
여-기!
그는 노래한다.
— 신진, 〈집〉

이 작품은 무크지 《디카詩 마니아》 창간호(2006년 6월) 에 수록된 것이다. 내가 '디카詩'를 청탁하여 받은 작품이지만, 시를 먼저 쓴 후에 비슷한 이미지의 사진을 첨부한 것이다. 따라서 이 작품은 디카詩는 아니고 포토포엠인 셈이다.

이렇듯 겉으로 보기에는 디카詩와 포토포엠을 구별하기가 힘들다.

디카詩는 포토포엠보다 진화된 시다. 디카詩는 자연이나 사물이 스스로의 상상력으로 이미 시적 형상을 구축하고 있는 것을 디카로 찍어서 문자로 재현한 것이다. 그런 측면에서 이미 쓴 시에 비슷한 이미지의 사진영상을 곁들이는 형식은 진정한 의미의 디카詩와는 거리가 멀다. 포토포엠과는 달리 디카詩는 태생적으로 사진영상과 문자가 하나의 텍스트로서 다시는 나뉠 수 없는 한 몸으로 구성된 것이다.

그런데 여기서 주목해야 할 것은 디카詩의 문자는 영상과 어떤 관계를 지니느냐는 것이다. 단도직입적으로 말하면, 디카詩의 문자는 사물(영상)의 언어를 받아쓰는 것과 같다. 그런 측면에서 디카詩에서 시를 쓰는 주체는 사물이 된다. 따라서 사물이 시인에게 말하게 하는 것이 된다. 그러니까 디카詩에서는 사물이 주체고 시인은 오히려 객체다. 이것이 디카詩의 본질적 국면이고 이상이다. 그러나 디카詩에서 시인이 객체로서 에이전트가 된다고 해도 그 언술 방식이 모든 동일한 것은 아니다.

아무도
멈추지
못하는,

일방통행.
 ─임효식, 〈봄〉

이 작품은 내가 주창하는 디카詩의 본질적 모델이라고 볼 수 있다. 시인은 시적 형상인 사물의 언어를 문자로 재현하고 있다. 봄이 환기하는 생의 아름다운 한 순간은 아무도 붙잡을 수 없고, 되돌아갈 수도 없는 일방통행임을 위의 사진 이미지는 말하고 있다. 그 말은 시인의 언술이 아니라 사물이 스스로 말하고 있는 것을 포착하여 전달해준 것이다.

　문제는 비록 이 작품이 디카詩의 교과서라고 할 수 있지만 이렇게만 디카詩를 언술해야 하는 것은 아니라는 사실이다. 디카詩에서 언술의 주체가 포착된 사물이고 그것을 재현하는 에이전트로서 시인의 대언도 어떤 경우에는 시인이 주체로서 드러나는 것처럼 보일 수 있다.

봄날 아침 떠 있는 개구리 형상
우주의 무슨 부호?
혹, 계시의 말씀
　　　─ 이상옥, 〈물풀〉

　이 작품은 언뜻 보기에 사물이 객체가 되고 시인이 주체가 된 듯하다. 시인이 주체가 되어 사물에 대한 느낌을 언술화하는 것처럼 보이기 때문이다. 겉으로 보기에는 그렇지만, 실상 이 작품도 사물이 주체다. 왜냐하면 사물이 시인을 감동하게 하고 그래서 시인이 그 느낌을 언술화하고, 그로 인해 결국 사물은 자신의 존재를 드러내는 것이다. 그렇다면 시인이 말하는 것은 간접적이긴 해도 사물이 말하는 것이 된다.

　따라서 디카詩를 쓸 때 시인이 언술방식에 너무 구속될 필요는 없다. 나는 한

때 디카詩의 언술방식에 대해서 지나치게 경직되게 생각한 적이 있었다. 이제는 디카詩의 관점에서 시적 형상의 포착을 전제로 한다면, 어떻게 언술화하든 '사물이 말하게 하는 것(사물의 말)'으로 볼 수 있기 때문에 디카詩의 본질에서 크게 벗어나지 않는다고 생각하게 되었다.

위의 논의에서 보듯 디카詩는 시적 형상을 디카로 포착하여 다양한 언술 방식으로 독자에게 다가갈 수 있는 시의 새 지평이다. 그동안 언어예술로서의 시가 문자로 독자와 소통하던 방식에서, 디지털 영상 시대를 맞아 영상과 문자가 끊임없이 대화하는 가운데 디카詩로 진화한 것은 시가 영상으로 소통하는 방식의 진일보가 아닐 수 없다 이런 측면에서도 디카詩는 현대시의 미래로서 눈여겨보아야 할 분명한 대상이다.

(2007년 가을)

디카詩, 문자 속에 갇힌
시의 해방을 꿈꾸다

1. 토지문학제에서 만난 친구

지난 10월 13일 하동 악양 평사리 최참판댁으로 향했다. 2007 토지문학제가 열리는 까닭이다. 나는 토지문학제 운영위원이기도 해서 2007 토지문학제에는 꼭 참석해야 할 입장이었다. 하동 하면 《토지》의 작가 박경리 선생이 생각나지만 내게는 선생보다 먼저 떠오르는 이름이 있다. 하동여고에서 교편을 잡고 있는 친구 김현영이다. 현영이는 고교동창으로 참 가까이 지내던 친구다. 하동 갈 일이 있을 때마다 만나서 차도 마시고 식사도 한다. 막역한 친구이니, 가끔 만나도 편안하고 좋다.

이번에 하동에 갈 때도 만났다. 그런데 그 친구는 이미 도인이 된 듯했다. 아무 욕심 없이 살아가고 있는 모습이 역력했다.

어느 날 현영이가 전화를 했다. 자기 집사람 친구가 문학공부를 하겠다고 내가 재직하고 있는 창신대학 문창과에 입학하고자 하니, 입학 조건이 어떠냐고 물었던 것이다. 현영이가 추천하는 이가 지금 1학년에 재학하고 있는 이모 씨다. 나는 이 씨를 통해서 현영이의 근황을 종종 들을 수 있었다. 이 씨에 의하면 현영이는 도사가 다 되었다고. 세상 욕심이 없고 편하게 그냥 하고 싶은 대로 산다는 것이다. 그 말을 듣던 터라 이번에는 유심히 현영이를 지켜보았다 도대체 어떻게 살기에 도사라고 할까?

현영이는 특별한 사람이 아니다. 그냥 평범한 교사에 불과하다. 그런 친구가 삶의 내공이 만만치가 않았다. 그날 만나서 얘기하는 중에 현영이는 벌써 탈속의 기품이 느껴졌다. 그렇다고 그 친구가 무슨 대단한 생의 경지에 올랐다는 말은 아니다. 내가 왜, 평범한 친구 얘기를 장황하게 하느냐 하면, 욕심 없이 하루

하루 만족하게 살아가는 필부인 친구가 이미 한 편의 시라는 느낌을 받았기 때문이다.

나는 현영이를 보면서 시를 생각했다. 도대체 시는 무엇인가. 한 편의 아름다운 시를 쓰는 것보다 한 자락의 아름다운 삶을 사는 것이 더 중요하다고 생각했다. 그렇다면 친구 현영이는 그의 삶이 이미 시이기 때문에 그는 굳이 나처럼 시를 쓸 필요가 없는지도 모른다. 나는 내 삶이 시가 되지 못하기 때문에 언어로 시를 쓰는 것은 아닐까.

이런 생각은 사실 새삼스러운 것이 아니다. 나는 농담처럼 자주 학생들에게 말하곤 했다. 시는 삶이 시가 되지 못하는 사람이 쓰는 것이라고.

—토지문학제 분위기를 한껏 북돋우는 평사리
들판에 세워 놓은 허수아비

2. 한 편의 시가 되고 싶은 이해인 수녀

나는 정작 토지문학제 행사를 제대로 보지도 못하고 친구 현영이와 현장에서 점심 식사를 하고는 서둘러 제5회 천상병문학제가 열리는 산청 시천면 중산리로 향했다.

제5회 천상병 문학제는 10월 13, 14 양일간으로 토지문학제와 일정이 겹쳤다. 천상병문학제 기간 중에 천상병시문학상도 시상하게 되는데, 이번 수상자는 이해인 수녀로 결정되었다. 그런데 내가 천상병시문학상 심사위원 중 하나로 참여했기 때문에 이 행사에도 꼭 참여해야 했다.

늘 그렇지만 그날 따라 무척 피곤했다. 하동에서 다시 산청으로 향하는 고속도로에서 운전 중 너무 피곤을 느꼈다. 도무지 안 되겠다 싶어서 사천휴게소에서 잠시 쉬었다. 차에서 의자를 뒤로 하고 그냥 좀 쉰다는 것이 그만 깊은 잠에 빠져버렸다. 사람들은 끊임없이 일하고 쉬고, 또 일하고 쉬기를 반복하여 생을 엮어간다. 그러다 결국은 영면하게 된다. 사는 동안에 어떻게 살아야 하는지, 어떻게 사는 것이 바른 것인지 늘 전전긍긍해 한다.

얼마나 단잠을 잤던지 깨어나니 주변이 어둑해졌다. 천상병문학제를 주재하는 박우담 시인에게서 전화가 왔다. 내가 곧바로 간다고 해 놓고 오지 않으니까, 궁금했던 모양이다. 깜빡 잠이 들어서 예정 시간대로 도착하지 못하겠다고 하니 사람 좋은 우담 시인은 천천히 오라고 했다. 남해고속도로를 조금 더 달려 다시 대진고속도로를 타고 지리산 중산리로 향했다. 나로 하여금 현실을 넘어 신화의 공간 속으로 달리는 것 같았다. 주변의 풍경들이 나로 하여금 현실감각을 잃어버리게 한 것이다. 내가 명명한 '언어 너머 시' (날시) 속을 달리는 기분이었다.

드디어 지리산 중산리에 도착했다. 나는 무엇보다 이해인 수녀를 만나보고 싶었다. 마침, 이해인 수녀의 청산병시문학상 수상기념 특강이 그때까지 시작되지 않아서 다행이었다. 늘 지면으로만 보던 이해인 수녀를 직접 보고, 그의 삶과 문학세계를 듣는 좋은 기회를 놓치지 않았으니. 이해인 프로필을 보면, 1945년생이다. 우리 나라 나이로 63세다. 이제 노년으로 접어드는 이해인 수녀의 모습이지만 미소가 참 해맑다는 느낌이었다. 그의 강연에서 특히 인상적인 것은 "한 편의 시가 되고 싶다" 였다. 그는 앞으로 더 이상 시를 쓰지 않더라도 자신이 한 편의 시가 되고 싶다는 것이었다.

—이해인 수녀는 자신이 한 편의 시가 되고 싶다고 말한다

—천상병시문학상을 수상한 이해인 수녀,
뒤에 천상병 시비 〈귀천〉이 보인다.

　어쩌면 그는 이미 한 편의 시가 되었는지도 모른다. 오늘의 시가 독자들에게 감동을 크게 주지 못하고 있는 점을 염두에 두면, 이해인 수녀는 그의 맑은 미소로 지친 영혼에게 큰 위안을 주고 있지 않는가. 그의 미소가 이미 시가 아니고 무엇인가.

　이해인 수녀는 어느 문학인이 그냥 시를 쓰지 말고, 정식으로 등단하여 시를 쓰면 어떻겠느냐고 권했다는 얘기도 들려 주었다. 그 말을 들으면서 나는 한참 생각을 했다. 도대체 누가 시인이라고 인정해주는 것인가? 우리 나라는 등단제도라는 것이 있어서 신문의 신춘문예나 문예지의 신인상에 당선되어야 시인으로 인정받는다. 그렇다면 그런 철차를 거치지 않은 이해인 수녀는 시인이 아닌가. 말도 안 되는 질문이다. 현재 제도권에서도 이해인 수녀를 시인으로 인정하지 않는 경우는 거의 없다. 이해인 수녀는 좁은 문단이라는 울타리를 넘어서 독자대중이 시인으로 인정하고 있기 때문에 문단이 인정하고 안 하고를 이미 뛰어넘은 시인이다. 이제 우리 나라의 등단절차도 거의 유명무실하게 되었다. 실상,

독자가 인정해주지 않고 협소한 제도권 문단이 인정해 준들 무슨 소용이 있겠는가. 요즘 시라는 것이 시인들끼리 돌려 읽는 은어 비슷한 것이 되고 있지만, 그것도 모든 시인들에게 소통되는 것도 아니다.

　얘기가 좀 엉뚱한 데로 흘러갔지만 나는 디카시의 입장에서 이해인 수녀의 시보다 그의 삶, 그의 미소가 더욱 중요하게 느껴진다. 강연을 마치고 이해인 수녀와 인사를 나누고 그의 예쁜 사인이 적힌 제5회 천상병문학상 수상시집《작은 위로》를 받았다. 이 시집은 2007년 6월 15일 1판 19쇄 발행(초판 2002년 11월 25일)된 것이었다. 나는 그 시집에서 윤재림 시인이 쓴, 정말 이해인 수녀에게 너무 잘 어울리는 발문〈때때옷에 때만 묻힙니다〉를 읽으며 깊이 공감했다. 아래는 발문의 일부다.

　　표지를 넘기면 한 장의 사진이 실려 있습니다. 4월호라면 부석사 가는 길에 지천으로 피어난 사과꽃밭 풍경이 보일 것입니다. 7월호라면 안면도 솔숲을 보여주고, 12월호라면 싸락눈이 변산반도 그 무채색의 천지를 희끗희끗하게 수놓는 광경이거나 제 고향 제천의 '바론 성지'에 내리는 함박눈을 보여줄 것입니다. 그 페이지의 이름은 '이 달의 시'입니다. 한 장을 더 넘기면 '이 달의 시인'란(欄)이 있습니다. 역시 우리가 알고 있는 시인의 얼굴은 보이지 않을 것입니다. 대신 남대문 시장의 고등어 파는 할머니의 얼굴이 있거나, 이름 없는 권투선수의 웃는 얼굴이 나올 것입니다. 시골 농부의 주름진 얼굴이 클로즈업될 수도 있고, 때국이 흐르는 산골 어린이의 수줍은 표정이 잡힐 수도 있습니다.

　나도 이와 같은 생각을 했다. 나는 이미《경남일보》의 연재〈내가 읽은 사랑

시: 연재를 마치며〉에서 다음과 같이 말한 바 있다.

> 어둔 하늘에 빛나는 별을 보면, 시가 생각나지 않는가. 별은 시의 다른 이름이기 때문이다. 아가의 순결한 눈빛을 보면, 시가 생각나지 않는가. 아가의 맑은 눈빛은 시의 다른 이름이기 때문이다. 산 속에서 이름모를 꽃을 만나면 시가 생각나지 않는가. 그 꽃은 시의 다른 이름이기 때문이다. 시는 아름답고 맑고 진실한 삶의 가장 가치로운 것들의 다른 이름이다.

이 글은 2004년 출간한 디카시집 《고성 가도》 후기 〈디카시, 언어 너머의 시……〉에서도 인용한 바 있지만, 이런 생각이 어찌 윤재림이나 나만의 것이겠는가. 누구나 아름답고 맑고 진실한 것들을 보면 그것이 시라고 생각하지 않겠는가.

그동안 시를 너무 문자 속에만 가두어두려고 하지 않았는지 반성해보아야 한다. 정작, 시를 문자의 감옥에다 가두어 숨 막히게 해서, 시를 죽여 버리지는 않았는지 반성해보아야 한다.

토지문학제에서 만난 친구, 천상병문학제에서 만난 이해인 수녀, 그리고 이해인 수녀 시집에서 만난 윤재림 시인 등을 떠올리며 나는 한참 동안 디카시를 생각하고, 또한 문자 속에 갇힌 시의 해방을 꿈꾸었다.

(2007년 가을)

에세이 풍으로 쓴
디카詩 이야기

1. 프롤로그

오늘의 시는 문자언어예술을 넘어서 멀티언어예술을 지향하는 등 다양한 방식으로 독자와의 만남을 시도하고 있다. 이는 자연스러운 현상이다. 소통 방식의 변화에 따라 시도 변화할 수밖에 없는 것이다. 21세기 들어 시의 진화는 급격하게 이루어지고 있다.

나는 이미 오늘의 새로운 소통 방식에 주목하면서 시가 진화할 것을 예견하고 디카詩 운동을 펼치고 있었던바, 이제는 그것이 개인의 독특한 주창을 넘어서 시대적 화두로 자리잡고 있다. 이는 정보통신기술의 급격한 발달에 힘입어 놀랄 정도로 소통 방식이 급진전하면서 이루어진 현상으로 보아야 한다.

핸드폰도 이제는 화상 통화가 가능하게 되었다. 실시간 화상으로 얼굴을 마주 보면서 통화하는, 공간을 초월한 시대에 우리는 살고 있는 것이다. 이런 국면에서 시의 독자도 이제는, 얼굴을 보면서 통화를 하듯이 시의 형상을 보면서 커뮤니케이션을 하고 싶어 하지 않겠는가.

최근 문학작품은 UCC, MP3, 플래시, 디지털 카메라 등을 통해 다양하게 향유되고 있다. 더 많은 독자를 포용하기 위한 실험이라며 출판계와 전문가들은 반기는 분위기다.

최근의 변화된 문학의 소통 방식에 대해서 대중매체가 특필한 것도 시사하는 바가 크다. 문학나눔사업추진위원회의 메일링 서비스 '안도현의 시 배달', '성석제의 소설 배달' 등이 그림과 사진, 플래시, 애니메이션 등을 활용하여 문학의 새로운 소통 방식을 취한 것과 디지털카메라로 찍은 사진에서 떠오른 이미지(?)를 시로 쓴, 시의 새로운 장르 가능성을 제시한 디

카詩에 특별한 관심을 표명한 것이다.[1]

디카시는 최근 포탈사이트 파란 용어사전에 "문학과 디지털의 '접속'이 활발한 가운데 나온 용어로 디지털 카메라로 찍은 사진에서 떠오른 이미지를 시로 쓴 것을 말한다."라고 등재되기도 했다. 그러나 이 용어사전의 정의만으로는 디카시를 제대로 이해할 수 없다. 여기서 잠시 이해를 돕기 위해서 부연할 필요가 있다. 디카시는 사진 이전에 자연이나 사물 속에서 시적 형상을 포착하는 것이 선행되어야 한다. 즉 디카시는 시인의 상상력이 아닌, 자연이나 사물의 상상력, 즉 신의 상상력으로 시적 형상이 구축되어진, 아직 문자언어의 옷을 입지 않은 '날시(raw poem)'를 디지털카메라로 찍어서 그 형상을 문자로 재현할 때 완성되는 것이다.

이미 디카시에 대하여 나는 《디카詩를 말한다》라는 단행본에서 그 이론적 틀을 제시한 바 있다. 그리고 나는 계간 《다층》 2007년 여름호 기획특집 '디카詩의 현황과 전망'[2]과 계간 《시에》 2007년 가을호 기획연재 '디카詩, 날개를 달다'[3] 등에서도 디카시 담론을 펼친 바 있다.

원래 나에게 주어진 테마 (《마루문학》특집원고)는 '사이버시대의 시의 미래'이지만, 내가 그동안 줄기차게 주창해온 사이버시대의 새로운 장르로 부상하고 있는 디카시의 전개 과정을 소략하게나마 정리하는 것으로 대신하고자 한다.

---

1) 《동아일보》 2007년 6월 1일 '문학, 디지털 날개 달다'.
2) 이 특집에는 경상대 강희근 교수가 〈포착, 관념 털어내기〉, 필자가 〈디카로 찍는 詩; 디카詩에 대하여〉, 고려대 송용구 교수가 〈생태주의 관점에서 바로본 '디카詩' 운동과 '대중문화'〉라는 테마로 각각 디카시론을 발표했다.
3) 시에 기획연재 '디카詩, 날개를 달다' – 1번으로 〈'고성 가도(固城 街道)'에서 '디카詩'를 꿈꾸다〉가 나갔는데, 앞으로 이 연재를 계속하여 단행본을 묶을 계획이다.

2. 막연히 언어 너머 시를 그리다

매번 언명한 바이지만 나는 수년 전부터 시가 언어 너머에도 존재하는 것으로 생각했다. 시인이 내가 쓴 시보다 더 시적인 풍경을 만날 때마다 시는 언어예술이라지만 언어 너머에서도 존재한다는 것을 점점 더 굳게 믿게 되었다.

그래서 내가 만약 화가라면 사물이나 자연 속에 깃든 시의 형상을 그리면 되겠는데, 그림 그리는 재주가 없으니, 애초에 그런 생각은 실현 가능성이 없는 공상에 불과한 것이었다.

江나루 건너서
밀밭 길을

구름에 달 가듯이
가는 나그네

길은 외줄기
南道 三百里

술 익은 마을마다
타는 저녁놀

구름에 달 가듯이

가는 나그네

　　－박목월, 〈나그네〉

　나는 이 시를 읽으면서도 생각했다. 이 시는 그림이다. 아니, 현실보다 더 현실적이라고.

　강나루 건너서 밀밭 길을 구름에 달 가듯이 가는 나그네의 모습, 외줄기 남도 삼백리, 술 익는 마을 마다 타는 저녁놀 등의 매혹적인 풍경을 내가 화가라면 그대로 그릴 수 있을 텐데…

　그림이 시고 시가 그림이라는 생각은 어제오늘의 일이 아닌 보편화된 것이다. 이에서 한 단계 나아가면 자연풍경이 그림이고 그림이 시고 자연풍경이 시고, 궁극적으로는 자연과 예술의 경계마저 없는 것이다.

　나는 그림의 재능이 없으니 사진을 생각했다. 자연이나 사물에서 포착한 시적 형상을 그림으로 그릴 수 없으니, 사진으로 찍으면 되겠다고 생각해보았지만 사진 역시 아무나 다루는 것이 아니라는 점에서 또 한번 좌절감을 맛보았다.

　그렇게 세월만 보내다. 사진작가의 도움을 받아서 시와 사진을 조합하는 방식으로 어느 지역신문에 ‘내가 읽은 사랑시’ 라는 테마로 연재를 했다. 내가 우리나라 대표적인 시인들의 사랑시를 해설하고 그 시에 어울리는 사진을 첨부하는 형식이었는데, 이는 영상에 대한 나의 짝사랑이의 표현이라고 보아도 좋다. 이 연재를 마치고 나는 2002년에 《희미한 옛사랑의 추억》(국학자료원)이라는 단행본을 묶어서 출간했다.

3. 꿈을 현실로 끌어오다

행운이 찾아왔다. 정보통신기술의 혁명적 진보로 디지털카메라가 등장하면서 쉽게 내가 포착한 시적 형상을 사진영상으로 담을 수가 있게 되었다. 시적 형상이 디카 액정 모니터에서 바로 보이는 시스템이니, 내가 포착한 것을 눈으로 바로 보면서 찰칵 찍을 수 있게 되었으니, 그야말로 놀라운 일이 눈앞에서 펼쳐지는 국면이 아닌가.

디카를 만나면서 나의 디카시에 대한 구상은 물 만난 고기처럼 힘차게 진척되었다. 2004년 4월 2일부터 6월 19일까지 한국문학도서관 나의 인터넷 서재에서 디카시 연재를 하고 동년 9월 15일 문학의 전당에서 국내 최초로 디카시집《고성 가도 固城 街道》를 출간했다.

이 시집이 출간되자 연합뉴스, 지역언론과 인터넷신문 오마이뉴스 등에서 관심을 가져주었다. 이 중에서 특히 오마이뉴스 2004년 10월 7일자에서 "'디카시'라고 들어보셨나요? 이상옥 창신대 교수, 디카시집《고성가도》펴내"라는 타이틀로 크게 보도한 기사는 인터넷 여러 사이트로 스크랩되어 날개 돋힌 듯 전파되어 네티즌들에게 디카시를 알리는데 크게 기여한 것으로 보인다.

첫 디카시집《고성 가도》를 출간하고 지역언론과 인터넷 매체의 적극적인 관심에 힘입어 디카

—시집《고성 가도》표지

시 운동은 탄력을 받기 시작한 것이다. 나는 2004년 10월 16일 국제어문학회 가을학술대회(목원대학교)에서 〈디카詩의 가능성과 창작방법〉이라는 디카시론을 발표하면서 디카시의 이론 정립도 본격화하기 시작했다.

2004년 10월 30일 시문학세미나(충북 초정약수파스텔)에서는 김태진이 〈21세기 한국시의 좌표〉라는 주제발표를 하면서 디카시를 21세기의 하나의 새로운 시 장르로 거론했다. 그리고 《다층》 2004년 겨울호에 김정희가 〈고성가도, 극순간을 달리다〉라는 제목으로, 《시와 상상》 2004년 하반기호에 박서영이 〈직관이 불러온 詩를 받아쓰다〉라는 제목으로 각각 시집 《고성 가도》 서평을 게재했다.

범박하게 말해서 한 편의 시를 다양한 매체, 그러니까 음악이나 영화, 무용, 만화 등등의 다양한 방식으로 독자에게 전달하려는 일종의 종합적인 소통 방식이라고 하면 될 것 같습니다. 그런데 이렇게 다양한 방식과 경로를 통해 시를 전달한다는 것은 단순히 활자매체의 전달 방식을 벗어났다는 의미만이 아니라, 시대가 요구하는 방식에 맞춘다는 의미도 될 것이고요, 시쓰기의 과정이 지닌 가치를 정당하게 경제적 이익으로 환치시키려는 노력이라고 볼 수 있을 것입니다.

예를 들어 장경기 시인이 '마고 신화'를 무대에 올린다거나 고창수 시인이 '시네 포엠'을 시도하는 것, 이상옥 시인이 '디카 시'라는 개념을 적극 차용하는 것도 모두 이러한 시도의 하나라고 할 수 있을 것 같습니다.

인용글은 권두좌담 〈21세기 우리 시, 다시 언어를 생각한다〉[4]에서 신규호가 지적한 것이다. 권두좌담에서 21세기 새로운 시의 한 장르로 디카시를 거론한 것은 디카시 공론화에 중요한 의미를 지니는 것이다. 인터넷상에서도 댓글 형식으로 논의가 이루어졌다. 이런 논의들을 수렴하여 나는 〈디카시(dica-poem)의 쟁점과 정체성〉이라는 디카시론을 《시문학》 2005년 4월호에 발표하는 등 디카시론 전개에 더욱 박차를 가했다. 나아가 나는 동년 8월 16일에는 경남문학관에서 디카시 개인전을 개최하기도 했다. 이 디카시전은 지역방송가에서 큰 화제가 되었다. 창원KBS TV 문화공감 시간에 방영을 했고, 진주, 마산 등 지역 라디오 방송에서 인터뷰 요청도 쇄도했다.

4. 무크지 《디카詩 마니아》를 창간하다

드디어 2006년 6월 1일에는 디카시 전문 무크지 《디카詩 마니아》를 창간하기에 이르렀다. 디카시 잡지를 창간하자 중앙언론에서도 관심을 가지기 시작했다. 《디카詩 마니아》 창간은 디카시 운동의 새로운 전기를 마련해 준 것이다.

문예지들이 디지털 옷을 입고 게임 · 애니메이션 · 영화 · 미술 장르 등과 활발하게 접목하며 '진화' 하고 있다. 대표적인 것은 최근 창간된 무크 《디카詩 마니아》 — 문화일보

이상옥 시인이 무크지(매거진북) 《디카詩 마니아(문학의 전당, 1만원)》를 창간했다. 디지털시대에 걸맞게 시마저 변신을 모색하고 있는 듯하다. — 매경이코노미

---

4)《월간문학》 2005년 2월호.

기존의 시가 문자언어를 매개로 하는데 비해 디카시는 문자와 사진을 동등한 매개체로 인정하는 디지털 시대 멀티 언어예술 장르를 표방한다. — 서울신문

무크《디카詩 마니아》창간대담을 통해 나는 김열규 교수와 심도 있게 디카시에 대해 논의함으로써 디카시에 대한 관심을 더욱 증폭시켰다. 그리고 시론교수 강희근 양왕용 윤석산 박명용 신진 이승하 박주택 김완하 오정국의 디카시, 시지편집인 김규화 정한용 정일근 변종태 권갑하 배한봉 박강우의 디카시, 정예시인 유안진 박노정 홍성란 최춘희 유성식의 디카시를 게재함으로써 디카시가 새로운 궤도에 오를 수 있게도 되었다.

2006년 12월 출간한 제2호에서도 기획대담으로 〈디카詩의 전위성〉이란 테마로 내가 문덕수 선생과 대담했다. 이 대담은 디카시론을 총체적으로 점검해보는 유익한 것이었다. 2호에도 시론교수 이기철 이은봉 이승복 최서림 송용구의 디카시, 시지편집인 김왕노 박남희 김영탁 김충규 이재훈의 디카시, 정예시인 이정환 성기각 강현덕 조은길 박우담의 디카시를 게재하였다.

— 출판기념회에서 〈무사상시 이야기-이상옥 디카詩를 중심으로〉라는 테마로 기념강연 하는 문덕수 선생 (2006년 12월 9일 경남문학관세미나실)[5]

2007년 5월에는 그동안 내가 각종 지면이나 강연 등에서 발표한 디카시론을 묶은 평론집《디카詩를 말한다》를 '시와 에세이'에서 출간하였다.

---

5) 문덕수 선생은 디카시에 대해서 특별한 관심을 표명해주고 있다. 선생은《다층》2006년 봄호에 〈이상옥론〉을 발표하여 나의 디카시론을 검증해주었고, 무크《디카詩-마니아》2호 디카시 대담을 통해서 디카시론의 방향성을 제시해주었으며, 《디카詩 마니아》2호 출판기념회 기념강연에서는 디카시를 '무사상시'로 그 의미를 규정했고, 나아가 월간《시문학》권두 에세이나 편집여적 등을 통하여서도 기회가 닿는 대로 디카시 공론화에 힘을 보태어주었다.

이 평론집은 이제까지 논의된 디카시 이론을 집대성한 것이다. 이 평론집은 출간되자마자 이례적으로 앞에서 지적한 동아일보를 비롯하여 경향신문, 세계일보 등 중앙언론에서도 큰 관심을 보여주었다.

디카시 운동을 시작한 지 만 3년이 지나면서 대중매체뿐만 아니라 문단에서도 디카시를 하나의 해프닝으로 보지 않고 진지하게 바라보기 시작한 것은 큰 성과가 아닐 수 없다. 이에 여세를 몰아 보다 체계적인 디카시 운동을 하기 위해서, 앞으로 무크지를 넘어 정기간행물 시대를 열기 위해 준비를 하고 있다는 점을 전하면서 이만 두서없는 글을 맺는다.

(2007년 겨울)

디카詩의 정기간행물 시대

그동안 디카시라는 이름으로 다양한 논의를 끌고 왔다. 인터넷 서재에 디카시 연재(2000.4), 디카시집《고성 가도 固城 街道》발간(2004.9), 디카시 개인전 개최(2005.8), 디카시 전문 무크《디카詩 마니아》창간(2006.6), 디카시론집《디카詩를 말한다》발간(2007.5), 디카시 세미나 개최(2007.10) 등 3년 넘게 다양한 방식으로 디카시 운동을 전개해 왔다.

이런 일련의 운동 중에서 가장 인상 깊은 것은 역시 무크《디카詩 마니아》창간일 것이다. 이 무크지에는 우리나라를 대표하는 시인들의 디카시가 수록되어 있고, 디카시 담론이 기획 특집으로 수록되어 있다. 이는 디카시가 인터넷을 중심으로 디카시 마니아들이나 관심을 가지는 아마추어 시쓰기가 아닌 본격적인 시운동임을 더욱 선명하게 드러낸 것이다. 무크지 창간 이후 호기심어린 언론의 관심을 넘어서 일반 문예지에서도 잇따라 디카시 특집 제의를 해오고 있다.

디카시는 내가 처음 주창했지만 이제는 내 손을 이미 떠난 것으로 파악된다. 디카시 담론을 내가 통제할 수도 없는 지경에 놓였다. 그러나 디카시를 처음 주창한 사람으로서 디카시가 더욱 지속적으로 발전할 수 있는 토대를 마련해야겠다는 사명감으로 반년간 정기간행물《디카詩》를 창간하게 되었다. 무크《디카詩 마니아》를 정기간행물로 바꾸면서 '마니아'라는 말은 뺀다. 제호를 '디카詩'로 바꾼 것은 장르 개념을 더욱 공고히 하면서 '마니아'라는 말이 지닌 아마추어리즘을 탈색키고자 하는 뜻이다.

디카시라는 용어는 내가 2004년 4월에 인터넷 서재에서 디카시를 연재하면서 처음 붙인 이름이지만, 실상 이름만 붙여지지 않았을 뿐 사진과 문자로 표현되는 새로운 시의 형태는 네티즌들 사이에 자연발생적으로 광범하게 유포되어 있었다. 인터넷으로 대표되는 멀티미디어 시대에 소통 방식이 문자에서 문자 + 영상으로 바뀌면서 시도 자연스럽게 문자와 영상을 결합하는 방식이 드러나게 된 것이다. 나는 단지 시대적인 함의를 읽고 디카시라는 이름을 붙여 그 존재 의의를 시론화 작업을 통해서 규명해낸 역할만 한 셈이다.

그런데 문제는 아직까지도 디카시에 대해서 오해하는 이들이 많다는 것이다. 가장 큰 오해는 디카시를 단순하게 사진을 소재로 쓴 시로 생각하는 것이다. 사진을 문자화하는 작업에 앞서 디지털카메라로 시적 형상을 포착하는 것이 선행되는데, 이것을 간과하면 디카시를 단순히 사진을 소재로 쓴 시로 치부하게 된다.

디카시는 자연이나 사물(눈으로 포착될 수 있는 모든 대상, 피사체)이 스스로의 상상력(혹은 신의 상상력)으로 시적 형상을 지니고 있는 것을 포착하는 것이 단초가 된다. 자연이나 사물에서 포착한 시적 형상은 날시(raw poem)다. 이 날시는 언어라는 옷을 입지 않고 있기 때문에 시의 벌거벗은 존재이다. 아직 육체를 입지 않은 정신과 같기에 '날' 이라는 말을 달고 있다. 날시가 디카로 포착되어 액정 모니터에서 영상화되고 이것이 컴퓨터로 전송되어 실현되고, 다시 문자 재현을 거쳐 보다 온전하게 '영상 + 문자' 로써 형상화되면서 '날' 이라는 말이 떨어져나가고 하나의 완전한 시작품(디카詩)으로 드러나는 것이다. 따라서 단순히 디카시를 사진과 문자시(여기서는 일반 시와 다른 의미로 쓰이는 용어)의 조합으로 보는 견해는 불식되어야 한다.

그런데 여기서 또 다른 문제로 거론되는 것은 디카로 날시를 포착할 때 디카에 입력되어 시적 형상이 버철화(virtual化)함으로써 날시성이 훼손된다고 보는 견해다. 그러나 디카시가 날시를 영상기호화하고 그것을 다시 문자 재현하면서 기존의 문자시보다 훨씬 더 리얼리티를 확보하는 멀티언어 '예술'(개연성 있는 허구)이라고 보면 문제가 되지 않는다. 디카시 역시 예술이라는 점을 간과해서는 안 된다.

많은 오해 중에서 또 하나 짚고 넘어가고 싶은 것은 디카시의 구성 요소인 사진과 문자(시)를 단순하게 각각 사진이나 일반 문자시와 비교해서 판단하는 것이다. 디카시의 사진과 문자는 둘이 결합되어 하나의 텍스트가 될 때에만 존재 의미를 지닌다. 만약 이 둘을 따로 떼어서 각각 하나의 존재로 파악하면 아무런 의미를 지니지 못한다. 일반 사진예술과 디카시의 사진을 단순 비교하거나, 일반 문자시와 디카시의 문자시를 단순 비교하면 디카시의 사진이나 문자시는 경쟁력이 전혀 없다. 속된 말로 사진도 아니고 시도 아닌 것이 된다. 그러나 이 둘이 합하여 한 몸을 이룬 멀티언어예술로 파악하면 제3의 텍스트로서 존재 의미를 지닌다.

따라서 디카시를 기존의 시의 미학과 단순 비교해서는 안 된다. 가령, 시의 갈래가 정형시, 자유시, 산문시 등이 있다면, 디카시는 하나의 갈래로 디지털 시대를 대변하는 한 자리를 차지한다고 보면 된다. 디카시가 디지털 시대를 반영하기는 하되, 여러 시 갈래의 하나일 뿐이라는 사실을 강조해두고자 한다. 시라는 장르는 시대의 변화에 따라 그 지평을 끊임없이 확장해 왔다. 우리 시만 하더라도 개화기 이전에는 자유시나 산문시라는 개념이 없었다. 그러나 복잡다단한 시대정신을 정형시라는 형식으로 다 담을 수가 없었기 때문에 자유시나 산문시가 나타났다. 이처럼 디카시도 디지털 시대의 새로운 시대정신을 담기 위해서 등장

했기에, 디카시가 이 시대의 이슈가 되는 점만은 부인할 수 없을 것이다.

이제 디카시는 수많은 우려를 불식시키며 정기간행물 시대를 활짝 연다. 디카시의 앞날에 신의 가호가 있기를!

(2007년 겨울)

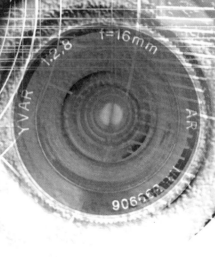

디카詩 날로 진화하다

디카시는 소통방식의 진화에 따라 나타난 시의 새로운 양식이다. 근자에는 휴대폰의 디카로 찍고 즉석에서 문자 재현한 디카시를 곧바로 멀티메일로 보내는 것이 낯선 풍경이 아니다. 이런 방식으로 나는 최근, 변종태 시인과 디카시 주고받기를 하며 카페 '디카시 마니아'에 연재하고 있다.

월간《시문학》2007년 7월호에 변종태 시인은 신작 디카시 7편을 발표하며 시작노트로 디카시 창작의 변을 털어 놓았다.

자파리, 제주말에 '자파리'라는 말이 있습니다. '장난' 혹은 '심심풀이로 하는 일' 정도의 의미입니다. 문득 자파리처럼 시작한 일, 핸드폰을 가지고 장난처럼 찍고, 쓰고 보내는 일에 재미를 붙인 것이 '시'라는 포장을 해도 되는 것인지 모르겠습니다. 순간적인 느낌이 있어, 휴대폰에 달린 카메라를 피사체를 향해 들이댈 때의 느낌, 그것이 내 안으로 스며들어, 하나의 이미지로 자리하고 나면 이 느낌을 누군가와 공유하고 싶어집니다. 그래서 저장된 번호를 찾아 누군가에게 보냅니다. 사물이 내게 스며든 것처럼, 누군가에게 스며드는 느낌, 그래서 이 자파리를 계속해야 할 것 같습니다.

변종태 시인의 말을 들어보면 디카시는 신나는 놀이의 일종이다. 휴대폰의 디카로 사물을 찍고, 쓰고 보내는 참 즐거운 놀이다.

사물이 주는 순간의 느낌을 다른 공간에 있는 사람과 곧바로 공유할 수 있는 것은 디카시의 매혹이 아닐 수 없다. 디카시가 시적 형상을 스스로 드러내고 있는 피사체를 찍어서 그것을 문자로 재현하여 멀티메일로 다른 공간에 있는 사람에게 전송하는 것은 진정한 의미의 시 배달 서비스다.

사랑하는 사람에게, 특정 기념일에 백화점에서 선물을 사서 퀵서비스로 배달하듯이, 디카시를 배달하면 얼마나 좋을까. 그렇게 배달되는 디카시는 최고의 선물일 될 것이다. 살아있는 시적 피사체를 영상과 문자로 생생하게 사랑하는 사람에게 선물로 전달할 수 있는 시스템이 멀티미디어 시대가 도래하면서 구축된 것이다.

나의 신발 한 짝..
어디론가 가고 싶어- 하는 저 포즈...
생(生)이 실리지 않은 홀가분함..
우리의 안식이 저러기를..
　　　　　　─변종태, 〈생(生)의 여유〉

이 시가 내가 처음 핸드폰으로 변종태 시인에게 받은 것으로 기억된다. 이 시를 받았을 때의 느낌이 아주 특별했다. 분주하게 이곳저곳 쉴 새 없이 다니고 일을 벌이고 하는 내게 강렬한 메시지로 읽혀진 것이었다.

우리는 하루하루 살아가면서 많은 짐을 지고 있다. 생의 짐을 지고 가는 신발과 같은 존재가 바로 나의 실존이 아니던가. 내 구두가 언제부턴가 잘 닳지 않아 의아스럽게 생각했는데, 그 이유가 내 몸무게가 5킬로 정도 빠졌기 때문이라는 사실을 뒤늦게 깨닫게 되었다. 중년에 몸무게가 너무 많이 나가게 되면 성인병이 걸리기 쉽기 때문에 몸무게 조절을 꾸준히 한 결과 지금은 73킬로 정도를 유지하고 있다. 78킬로 정도 나갈 때는 구두 밑창이 쉽게 닳았는데, 5킬로만 덜어내어도 구두 밑창이 한결 견딜 만했던가 보다. 내 육신의 무게도 만만찮은데 내 정신의 무게는 얼마나 무거우랴. 육신과 정신의 무게를 감당하며 하루하루 살아가는 내게, 삶의 무게를 좀 비워라는 메시지가 변종태의 디카시였던 것이다.

시로 온통 물들었다고
곁눈질이라도 하라고
가을 신호등 유난히 붉다
— 이상옥, 〈창원 도심에도〉

나는 이 시를 변종태 시인에게 보냈다. 앞의 시에 대한 답시라고 할 수는 없지만 변종태 시인이 보낸 시를 읽고 나 자신을 돌아보게 된 것만은 사실이고, 그것이 계기가 되어 이런 유의 시가 나왔다고 해도 과언은 아니다. 가을, 사방팔방 온통 시로 물든 가을에 앞만 보고 달릴 것이 아니라 주변도 돌아보면서 여유를 지니라는 메시지가 바로 인용 디카시다. 그렇다면, 〈창원 도심에도〉는 결과적으로 변종태 시인에게 보내는 나의 의중이 어느 정도는 실린 셈이다. 나도 쉬어가며 돌아보며 살겠노라는. 이렇듯 핸드폰으로 찍고 써서 입력된 번호를 불러내어 역시 핸드폰의 멜티메일로 곧바로 주고받는 시스템은 디카시의 진화된 소통방식이라 할 것이다.

시가 디카詩로 진화하고 있다. 시와 대중과 멀어졌던 거리를 없애며 시의 정부를 만들고 시의 나라를 세우려 한다.

　밤하늘에 마지막 획을 긋고 사라지는 별똥별을 사진으로 찍고 시인은 시를 쓸 것이다. 나무 잎 뒤에 벌레가 슬어놓은 벌레의 알을 보면서 시인은 벌레의 생명력과 신비함을 노래할 것이다. 사막을 횡단하는 낙타를 찍고 시인은 인생의 긴 여정을 노래 할 것이며 그렇듯 지금 시는 숨 가쁘게 진화의 길로 접어든 것이다.

　— 김왕노, 〈시가 진화하고 있다〉에서

월간 《시문학》 2007년 7월호 디카시 특집에서 김왕노 시인도 디카시를 현대시의 진화로 보고 있다. 별똥별이나 벌레의 알이 시인에게 시적 형상으로 포착될 때 그것은 단순한 이미지를 넘어선 '날시'(raw poem)라고 본다. 그것을 찍어 문자 재현하면 디카시가 된다. 날시의 감동을 곧바로 다른 공간에 존재하는 누군가에게 생생하게 날릴 수 있다는 것은 얼마나 경이로운 일인가.

　그런데 디카시는 순간포착 위주로 되기 때문에 시의 예술성 확보가 관건이다. 자칫하면 디카시는 누구나 장난 삼아 찍어 누군가에게 날려 보내는 심심풀이 정도로 그칠 것이라는 우려가 없지 않다. 이는 디카시가 과연 고급예술인 시로서의 품격을 지닐 수 있는가에 의문을 품을 수 있다는 말이다. 그러나 디카시가 순간포착이라고 해서 예술적 코드를 지니지 못한다고 볼 수 없다. 디카시의 언술 방식은 의외로 다채롭다.

　그런 측면에서 이번에 창간된 반년간 《디카詩》(2007년 겨울)에 발표한 서안나 시인의 디카시 〈검객〉은 이채를 띤다.

우리 동네 진광이 형
대학 졸업하고 어머니 식당일 도와주다
손님과 크게 한 판 시비 붙고
사나이 대장부 세상에
칼자국 한 번 긋고 가야 한다며
머리 싸매고 고시원으로 떠났었다
공무원 시험에서 좌판행상을 거쳐
애인 떠나보내는 검법마저 터득한 진광이 형
면접관이 그에게 칼을 휘둘렀을 때
못생긴 애인이 그의 등을 찍고 돌아섰을 때
그는 이미 온몸의 피를 다 흘려버렸다
세상을 칼질하여 배운 검법으로
등짝 후려치는 어머니의 슬리퍼도 잘 받아내는
진광이 형
좌판에 앉아
배어도 표나지 않는
상생의 무통 무혈 검법을 수련 중이다.

— 서안나, 〈검객〉

디카시가 시적 형상인 날시의 침묵하는 언어를 받아 적는다는 개념이지만, 〈검객〉의 언술방식은 거침이 없다. 이 언술은 화자의 동네 진광이 형의 이야기다. 산전수전 다 겪은 진광이 형의 삶이 바로 날시라고 여기고 디카 영상으로 찍어 보여주면서, 그 삶을 진술하는 방식이다. 이런 진술은 디카시의 언술방식의 외연을 한층 넓혀주는 셈이다. 디카시의 언술방식이 일반 시 못지않은 자유로움을 구가할 수 있다는 것을 이 디카시는 보여주는 것이다. 거듭 재삼 강조하거니와 디카시가 시적 형상인 사물의 언어를 옮겨놓는다고 해도 언술방식은 얼마든지 자유로울 수 있다.

영하 7도의 12월 초
모두 쓰러져 누운 중랑천변 풀밭에서
홀로
폐허를 견디며
온몸으로 밀어 올리는
저 환한 웃음!
너무 안쓰러워
마른 풀 한 웅큼 덮어주고 왔다
　　　　　— 홍일표, 〈겨울 민들레〉

　이 시는《디카詩》창간호에 수록된 작품으로 순간포착을 하는 디카시의 전형적인 모습이라 볼 수 있다. 중랑천변 풀밭에서 홀로 폐허를 견디며 온몸으로 밀어 올리는 겨울 민들레가 환환 웃음으로, 즉 시의 형상으로 순간 포착된 것이다. 그렇다면 "너무 안쓰러워/마른 풀 한 웅큼 덮어주고 왔다"라는 대목은 사족일 수 있을 것이다. 그러나 이런 표현도 디카시에서 불가능한 것은 아니다. 시적 형상에 화자가 개입하는 것, 그 자체도 그 시적 형상의 강렬성을 드러내는 장치로 볼 수 있기 때문이다.

　이제까지 선입견으로 디카시의 언술방식은 순간포착을 전제로《겨울 민들레》같은 순간 묘사 방식만일 것이라고 여겼겠지만, 디카시는 〈검객〉에서 보이듯 시간성이 개입된 서사적 진술도 가능하다. 그외 방식도 물론 가능할 것이다. 이렇듯 디카시는 소통방식과 더불어 언술방식도 나날이 진화하고 있다.

　　　　　　　　　　　　　　　　　　　　　　　　(2008년 봄)

아름다운 고성,
디카詩의 메카로

본지(《고성신문》) 논설위원으로 선임되고 나서 첫 글이다. 먼저 본지 논설위원으로 선임된 소회를 밝히는 것으로 시작해볼까 한다. 나는 문예창작과에 재직하다 보니, 글쓰기를 가르치고 글쓰기를 하는 것이 나의 일상이어서 이 글쓰기도 새삼스러운 일은 아니다. 이제까지 신문 잡지 등 여러 지면에 글을 써왔다. 그럼에도 불구하고 이번에 내가 고성신문 논설위원으로 선임되어 본지에 글을 정기적으로 쓰게 된 것이 특별하게 가슴 설레는 것은 무슨 이유일까. 아마, 본 지면을 통해서 고성과 내가 한 몸이 되어 꾸는 꿈을 피력해 보고 싶은 벅찬 마음 때문이 아닌가 한다.

고성은 내가 태어난 곳이고, 지금도 마암면 장산에는 내가 자라고 나를 너무 끔찍이 사랑해주던 어머니의 마음의 자취가 남아 있는 집이 있다. 내가 철성고등학교 교사 노릇을 그만 두고 시간강사를 몇 년 하다가 마산 창신대학에 부임하고 나서도 내 마음은 늘 고성에 머물러 있었다.

어머니가 편찮을 때 내가 고향집에서 출퇴근한 적이 있다. 그때 나는 고성장에 가서 매화, 무화과, 앵두 등의 묘목을 사서 고향집 마당에 심었다. 어머니가 한창 활동할 때에는 실상, 마당에 한가하게 과실나무를 심을 형편이 못 됐다. 어머니는 집안 곳곳에 외양간을 지어서 소를 키우고 마당에 닭을 기르며 언제나 부지런히 일만 했기 때문에 집안에 관상수 개념의 과실나무를 심는다는 것은 상상하기 힘든 국면이었다. 그런데 어머니가 건강이 나빠지고 이전처럼 활동을 못할 즈음에야 내 자의로 마당에 과실나무도 심을 수 있게 된 것이다.

어머니가 세상을 떠나기 전 약 2년 동안 어머니와 함께 고향집에 거주하며 마당에 묘목을 심으며 여유를 가지고 출퇴근하던 그때가 내게는 참 아름다운 추억으로 남아 있다. 지금 시골집 매화나무에는 꽃이 활짝 피었다. 그 꽃을 볼 때마다 어머니 생각이 간절해진다.

　나는 시골집에서 진돗개도 한 마리 키웠다. 퇴근하고 나서는 진돗개를 데리고 시골집 주변을 산책하고 산행도 하고 그랬다. 맑은 공기를 마시며 시골생활을 만끽하였던 것이다. 그러다 보니, 나는 매우 생기 있고 의욕도 넘쳤던 것 같다.

　그 시절 나는 마산으로 출퇴근하면서 즐거운 구상을 했다. 이른바 '디카詩' 라는 화두를 붙잡게 된 것이다. 시라는 것이 언어예술로서 항상 문자로만 표현된다고 생각해왔지만, 이런 생각을 넘어서는 새로운 사유를 했다. 시는 언어예술이면서도 언어를 넘어선다는 명제를 붙잡게 되었다. 내가 출퇴근하면서 혹은 고향집 주변을 산책하면서 자연이나 사물에서 시적 형상을 포착한 것이다. 내가 창조한 시보다 더 시적인 자연이나 사물을 간혹 만날 때, 그것이 바로 시라는 확고한 인식을 굳혔던 것이다. 나는 시적 형상을 디카로 포착하여 그대로 문자로 옮겨서 디카사진과 문자를 결합한 디카시라는 새로운 시 장르 명칭으로, 2004년 9월 국내 최초의 디카시집 《고성 가도(固城 街道)》를 출간하면서 디카시를 공론화하고, 나아가 디카시전 개최, 디카시 잡지 출간, 언론방송 인터뷰 등 다양한 디카시 운동을 전개했다. 처음은 혼자 미미하게 시작했지만 이제는 우리 문단이나 언론에 많은 조명을 받는 하나의 사건이 됐다.

　내가 최근에 또 하나 꿈꾸는 것은 고성을 디카시의 메카로 만드는 것이다.

　디카시는 고성이 고향인 내가 고성을 주된 테마로 해서 선보인 것이기에 고성은 디카시의 본거지라 할 수 있다. 그래서 나는 고성군과 예총의 협조를 얻어 올해 가을부터 가칭 '고성 디카시 페스티발' 을 기획하고자 한다. 이 축제의 하이라이트는 전국고교생디카시백일장이 될 것이다. 전국의 고등학생들이 고성에 와서 디카가 내장된 휴대폰으로 고성 풍경을 찍고 곧바로 문자로 재현하여 메일로 전송하면 그 당일 바로 시상식을 할 수 있게 된다. 이 시상식은 디카시마니아들이 참여하는 디카시전 오프닝 행사장(고성군내)에서 이루어질 것이다.

이때 많은 문인, 독자들과 더불어 고성은 문학 축제마당이 되고 디지털 시대의 새로운 문화콘텐츠를 가지게 되는 행복을 누릴 것이다. 부디, 이 꿈이 꼭 실현되어 고성이 명실상부한 디카시의 메카가 되기를 간절히 기원해본다.

(2008년 봄)

디카詩와 경남 고성,
그리고 디카詩 페스티벌

이 글을 쓰려고 하면서 이것저것 자료를 찾아보다가 《경남신문》의 〈시민없는 문학제 '문인들만의 잔치'〉라는 조고운 기자의 '기자수첩'이 눈에 띄었다. 경남문학관에서 지난 4월 26일 주최한 제1회 경남문학제 개막식에서 "자아도취에 빠진 문인들이 문학을 망치고 있다."라고, 독자 부재의 문학, 시장 없는 문학관을 안타까워하는 출향 문인인 윤재근 교수가 오늘의 문단에 대해 고언 혹은 질책의 말을 했다고 전한다. 조 기자는 이날 행사도 '경남'을 타이틀로 열린 첫 문학제인데 역시나 도내 문인 40여명, 출향 문인 20여명만을 위한, 그들만의 잔치가 되고 말았다고 한다. '시민없는 문학제, 문인들만의 잔치'가 어디 어제오늘이던가.

  문학이 문인들만의 잔치로 끝나는 이상, 문학이 더 이상 존재 이유가 없을 것이다. 공교롭게도 같은 지면에 〈"역시 남진"〉이라는 제목의 보도 사진은 남진 40주년 기념 리사이틀이 제1회 경남문학제가 열린 같은 날 오후 3시와 7시 30분 두 차례에 걸쳐 KBS 창원홀에서 열정적인 무대로 큰 호응을 얻었음을 전했다. 왕년의 톱가수의 리사이틀은 그들만의 잔치가 아닌, 시민들의 잔치가 되었다는 의미일 테다.

  이런 점에서 문학이나 시가 더 이상 문인, 시인들만의 잔치가 되지 않기 위한 문학 콘텐츠에 관한 관심이 최근 일고 있는 것은 우연이 아니다. 특히, 지자체들의 노력은 주목을 요한다. 어떻게 보면, 지자체들의 일련의 행사들은 우후죽순 격인 것처럼 보이는 측면도 없지 않지만, 오늘의 문학이 놓인 상황을 염두에 두면 나무랄 일만도 아니다.

  근자에 내가 목격한 지자체의 문학콘텐츠화 사업 중 인상 깊은 것 하나만 소개해보면, 지난 4월 18일부터 20일까지 경남 거제시에서는 청마(靑馬) 유치환

(1908~1967) 시인 탄생 100주년을 맞아 청마기념관 건립 기념행사를 성대하게 열었다.

청마 탄생 100주년을 맞아 청마의 묘소와 복원된 생가가 있는 둔덕면 방하리에 청마의 생애와 작품을 소개하는 청마기념관이 건립돼 4월 18일 개관한 것이다. 개관을 즈음하여 유족과 지역 문인, 일반 시민 등이 다수 참여하여 시비 제막식과 청마 시 창작 노래, 시 낭송, 청마 작품 시극, 청마의 길 선포식, 시문학 심포지엄, 문학기행, 시화전 등 다채로운 콘텐츠로 개관기념행사다운 면모를 보였던 것이다.

— 청마기념관 개관 기념행사 장면

이날 행사는 경향 각지의 큰 방향을 불러일으켰다. 이례적으로 SBS에서 취재하여 크게 보도하기까지 했다. SBS에서는 '깃발', '생명의 서' 등으로 유명한 청마 유치환 시인의 기념관이 경남 거제에서 문을 열었다고 소개하며, 청마 시낭송 장면과 거제시가 지난 8년간 28억 원을 들여 지은 기념관에 소장된 시인의 친필원고, 당대의 문인들과 주고받은 서찰 등 유품 200여 점을 보여주면서, "허무와 고독 속에서 피어나는 뜨거운 생명정신으로 불후의 명작을 남긴 시인의 발자취를 느낄 수 있습니다."라고 보도했다. 인터뷰에서 김윤식 교수는 "청마는 대가급으로서 풍모를 갖추고 있는 그런 시인이다. 이렇게 얘기할 수가 있습니다." 라고 말했다. 또한 기념관이 들어서기까지 거제시와 통영시가 기념 주체를 놓고 갈등을 겪은 것과, 최근 청마의 친일행적 논란도 보도하면서 "성씨개명을 할 때, 우리는 좀 바꿔달라고 이름 네자 있는 걸 해달라고 했는데 아버지는 해주지 않았다" 면서 "친일파라고 그런 얘기는 말도 안되는 소리죠."라는 청마의 첫째 딸 유인전(80) 씨의 인터뷰도 곁들여서 자세하게 보도한 것이다. 그런데 문제는 오늘의 시가 청마의 그것만큼 문화콘텐츠로서 가치를 창출하지 못한다는 데 문제가 있다. 언제까지 과거의 시의 영화에만 매달릴 것인가. 이제 오늘의 시가 오늘의 문화콘텐츠로서 의미를 지니며 오늘의 독자에게 다가갈 수 있는 방법을 모색해야 하는 시점에 이른 듯하다. 이런 측면에서 디카시는 주목을 요한다.

순간 포착의 아름다움, 매혹을 창출해내는 디카시는 오늘의 문화콘텐츠로서 가치를 지닌다. 문자예술로서의 시가 오늘의 디지털 영상시대 독자 감각에 쉽게 다가가지 못하고 있는 점은 널리 알려진 바고, 이를 극복하기 위한 한 대안으로서 디지털 시대의 새로운 시로서 디카시가 한 가능성을 지닌다는 것은 주목을 요한다. 그러나 디카시가 갖는 매혹이 제대로 드러나지 않고 때로는 오독되고 있다는 점은 큰 문제다. 그동안 디카시 관련 2권의 무크지와 정기간행물 1권을 발행했지만, 디카시의 미학이 제대로 알려지지 못하고 있는 것이 현실이다. 그래서 정기간행물 2호는 필자와 변종태 시인이 핸드폰으로 주고받은 디카시 2인 시집 형식의 특집호로 꾸며 볼까 한다. 이렇게라도 해서 디카시의 미학이 제대로 알려지기를 바라는 것이다.

— 디카시 관련 잡지(사진 오마이뉴스 윤성효 기자)

디카시는 지금도 진화하고 있다. 그런 측면에서는 디카시의 문자 재현 방식도 마찬가지다. 그러나 앞에서 지적한 대로 디카시의 정체성은 무엇보다 시적 형상(날시)의 피사체를 순간 포착하고, 그것을 가능한 한 빨리 문자로 재현하는 데 있다. 디카시는 시인이 창조해낸다는 의미는 축소되고 포착, 발견한다는 의미가 강하다. 이것이 디카시의 가장 핵심적인 정체성이다. 내가 세 권의 디카시 관련 잡지를 기획하여 만들면서도 이 정체성이 제대로 지켜지지가 않았다. 시인들에게 디카시를 청탁했지만, 시인들은 디카시를 시사진 개념 정도로 파악하여 청탁에 응한 경우가 대부분이었다. 그래서, 아직까지는 디카시의 정체성을 알리는데 더욱 매진해야 할 필요가 있다. 이것이 제대로 지켜지지 않을 때는 디카시가 지니는 순간 포착의 매혹은 제대로 드러날 수가 없다.

나는 올 9월경에 순간 포착의 진경을 보이려고 한다. 이것은 고성에서 펼치게 될 디카시 페스티발에서 드러날 것으로 기대한다. 이런 구상의 일단을 이미 피력한 바 있다.

디카시는 고성이 고향인 내가 고성을 주된 테마로 해서 선보인 것이기에 고성은 디카시의 본거지라 할 수 있다. 그래서 나는 고성군과 예총의 협조를 얻어 올해 가을부터 가칭 '고성 디카시 페스티발'을 기획하고자 한다. 이 축제의 하이라이트는 전국고교생디카시백일장이 될 것이다. 전국의 고등학생들이 고성에 와서 디카가 내장된 휴대폰으로 고성 풍경을 찍고 곧바로 문자로 재현하여 메일로 전송하면 그날 당일 바로 시상식을 할 수 있게 된다. 이 시상식은 디카시마니아들이 참여하는 디카시전 오프닝 행사장(고성군내)에서 이루어질 것이다.

이때 많은 문인, 독자들이 참여하여 고성은 문학 축제마당이 되고 디지털 시대의 새로운 문화콘텐츠를 가지게 되는 행복을 누릴 것이다. 부디, 이 꿈이 꼭 실현되어 고성이 명실상부한 디카시의 메카가 되기를 간절히 기원해본다. (《고성신문》칼럼에서)

나는 몇 가지 목적으로 디카시 페스티발을 구상하고 있다. 앞에서 지적한 바대로 디카시의 정체성을 널리 드러내기 위해서 방점을 찍은 것은 전국고교생 디카시 백일장이다. 전국의 고교생들이 경남 고성에서 고성을 대상으로 디카시를 즉석에서 찍어내면 아마, 센세이션을 일으킬 것이다. 그러면 여기서 바로 순간포착의 정수를 맛볼 수 있을 것이다.

부럽게도 인근인 통영은 문학만 해도 문화콘텐츠로 내세울 유산이 너무 많다. 유치환을 비롯하여 김춘수, 김상옥, 박경리 등 즐비하다. 나의 고향이기도 한 경남 고성은 문화콘텐츠로 내세울 문학적 유산이 그렇게 많은 것은 아니다.

그래서 나는 나의 고향 고성을 디카시의 메카로 만들어 문화브랜드 가치를 높이고자 하는 생각을 가지게 된 것이다. 이 같은 구상의 일단을 앞의 같은 칼럼에서 아래와 같이 피력한 바 있다.

어머니가 세상을 떠나기 전 약 2년 동안 어머니와 함께 고향집에 거주하며 마당에 묘목을 심으며 여유를 가지고 출퇴근하던 그때가 내게는 참 아름다운 추억으로 남아 있다. 지금 시골집 매화나무에는 꽃이 활짝 피었다. 그 꽃을 볼 때마다 어머니 생각이 간절해진다.

나는 시골집에서 진돗개도 한 마리 키웠다. 퇴근하고 나서는 진돗개를 데리고 시골집 주변을 산책하고 산행도 하고 그랬다. 맑을 공기를 마시며 시골생활을 만 끽하였던 것이다. 그러다 보니, 나는 매우 생기 있고 의욕도 넘쳤던 것 같다.

그 시절 나는 마산으로 출퇴근하면서 즐거운 구상을 했다. 이른바 '디카詩'라 는 화두를 붙잡게 된 것이다. 시라는 것이 언어예술로서 항상 문자로만 표현된다 고 생각해왔지만, 이런 생각을 넘어서는 새로운 사유를 했다. 시는 언어예술이면 서도 언어를 넘어선다는 명제를 붙잡게 되었다. 내가 출퇴근하면서 혹은 고향집 주변을 산책하면서 자연이나 사물에서 시적 형상을 포착한 것이다. 내가 창조한 시보다 더 시적인 자연이나 사물을 간혹 만날 때, 그것이 바로 시라는 확고한 인 식을 굳혔던 것이다. 나는 시적 형상을 디카로 포착하여 그대로 문자로 옮겨서 디카사진과 문자를 결합한 디카시라는 새로운 시 장르의 명칭으로, 2004년 9월 국내 최초의 디카시집《고성 가도(固城 街道)》를 출간하면서 디카시를 공론화하 고, 나아가 디카시전 개최, 디카시잡지 출간, 언론방송 인터뷰 등 다양한 디카시 운동을 전개했다. 처음은 혼자 미미하게 시작했지만 이제는 우리 문단이나 언론 에 많은 조명을 받는 하나의 사건이 됐다.

내가 최근에 또 하나 꿈꾸는 것은 고성을 디카시의 메카로 만드는 것이다.

(2008년 여름)

휴대폰으로 소통하는 디카詩

어렵게 창간호를 낸 데 이어 2호를 2인 디카시집으로 기획했다. 문예지라는 형식에서 보면 파격적이다. 이런 시도는, 디카시라는 것이 이미 전통적인 언어 예술로서의 시라는 관점을 넘어서듯이 디카시를 표방하는 이 잡지 《디카詩》도 기존의 문예지의 전통적 양식에 묶이지 않는 자유로운 몸짓에 다름 아니다.

그동안 디카시에 대한 다양한 논의를 끌고 왔지만 이직도 디카시를 단순하게 디카사진과 시를 결합시키는 포토포엠(사진시) 계열 정도로만 이해하는 측면이 없지 않다. 다시금 디카시의 정체성을 공고히 해 둘 필요성이 제기된다.

첫째, 디카시는 시가 언어예술이라는 전통적 개념을 넘어서 디카영상을 언어 개념으로 수용하고 있다.

둘째, 디카시는 시인의 창작물이라는 전통적 개념과는 달리 포착물, 발견물이라는 새로운 개념을 드러낸다.

이 두 가지 원리는 디카시의 정체성을 드러내는 핵심으로 이미 여러 곳에서 밝힌 바 있어 새삼스런 일이 아니다.

디카시는 언어 너머 혹은 언어 이전의 시적 형상을 전제로 한다. 기존의 전통적 개념의 시적 대상, 소재를 넘어서는 것이다. 기존의 전통적 개념의 시는 소재를 예술적으로 변용시켜서 하나의 예술품인 픽션을 창조해내는 것이라고 봤다. 그러나 디카시는 소재를 넘어선 시적 형상인 날시(raw poem)를 (극)순간(일반 서정시의 순간성을 넘어선다는 상징적 개념으로 극순간이라는 말을 쓸 수 있다) 포착하여 그것이 날아가기 전에 다시 문자로 재현하여 완성하는 것이다. 따라서 기존 포토포엠에서 보인 시와 사진의 결합 방식과는 사뭇 다른 국면이다. 디카시는 영상과 문자가 하나의 텍스트로 분리될 수 없는 한 몸(여기서 몸은 정신과 육체가 결합된 상위 개념)으로 만난다는 것이다. 영상과 문자의 관계성은 디카시가 기존의 문자시나 시화(사사진)와 다른 디카시만의 새로운 텍스트성을 드러내는 것이다. 이에 대한 논의는 많이 진척됐지만, 앞으로도 계속 논의돼야 할 과제다.

이번 호가 선보이는 2인 디카시집은 순간포착과 함께 곧바로 문자로 재현하고 즉석 소통하는 전범의 사례다. 변종태 시인과 필자는 휴대폰으로 디카시의 쌍방향 소통을 하며 이를 카페 '디카시 마니아' 에 시범적으로 연재(필자의 디카시 몇 편은 예외)를 했다. 그 결과물을 이번 2인 시집으로 묶은 것이다. 그런 측면에서도 이번에 선보이는 2인 시집은 문자시에서 보이는 상상력과는 차이가 날 수밖에 없다.

가령, 어느 순간 시적 형상을 발견하면 그것을 휴대폰 디카로 찍어서 가능한 한 빨리 문자로 재현하여 멀티메일로 상대방에게 전송한다. 이렇듯 형상화(포착 + 문자 재현)와 전송이 거의 동시에 그것도 즉석에서 이루어지는 것이 디카시의 이상이다. 디카시의 형상화 방법은 문자시처럼 두고두고 퇴고하는 방식과는 확연히 다른 국면이다. 이번 2인 디카시집은 '날시성' 과 순간포착이라는 디카시의 핵심원리가 잘 드러난다. 그렇다고 디카시의 이상만이 현실화될 수는 없다. 현실적으로는 서술시형의 디카시도 가능하다. 그러나 굳이 디카시의 이상을 재삼 강조하는 것은 아직까지 디카시가 출발선상에 있다는 점 때문이다.

지난 5월 19일《영대신문》문화면에 '디카 + 시(詩)=언어 너머의 시' 라는 특집기사가 실렸다. 그 중 인상적인 것은 이연지 문화부 기자의 디카시 도전기와 아울러 영남대 학생들을 대상으로 〈 '나도 이제 ' 디카시인(詩人)' 〉이라는 디카시 공모를 시도한 것이다. 대학신문으로는 첫 공모가 아닌가 한다.(이 기사를 보

고 서강대신문에서도 디카시를 특집으로 다룸) 그리고 본지(반년간 《디카詩》)
주관으로 올 9월말경 고교생 디카시백일장을 국내 최초로 시도할 예정이다. 《디
카詩》 2008년 여름호 92쪽 광고 참조)

이제 디카시는 휴대폰으로 소통하면서 공모전 및 백일장이 시도될 만큼 보편
적 장르로 급부상하고 있다. 이럴수록 디카시의 초심, 정체성을 재삼 짚어둘 필
요가 있어서 이번에 2인 디카시집을 묶은 것임을 독자 여러분이 해량해주기를
바란다.

(2008년 여름)

쓰촨성 강진이 환기하는
디카詩의 계시성

홍콩 빈과일보 등의 보도에 따르면, 지난 5월 12일 오후 2시 28분께(현지시간) 중국 쓰촨성의 성도 청두(成都)에서 북서쪽으로 92km 떨어진 원촨(汶川)현에서 규모 7.8의 강진 발생 전에 원촨(汶川) 부근의 단무(檀木)마을에서 두꺼비 10만 마리의 '대규모 이동'이 있었다. 두꺼비떼가 제약공장 주변 채소밭과 도로를 비롯해 1만3천334㎡에 이르는 지역을 뒤덮었고 차량에 깔려 죽거나 행인들에게 밟혀 죽기도 했다. 이 광경을 목격한 주민들은 불길한 전조로 여기며 불안해했지만 정작 조사를 나온 현지 전문가는 두꺼비 번식기의 현상이라고 보고 대수롭지 않게 여겼다.

후일담으로 두꺼비 출몰 외에도 '요 며칠 동안 우리 집 개가 미친 듯이 짖더라' 혹은 '지진구름(地震雲)을 봤다' 등등의 이상 징후와 관련된 네티즌들의 제보도 잇달았다.

—홍콩 빈과일보 사진

—중국 누리꾼들이 인터넷 포털 '바이두' 게시판에 올려놓은 '지진운' 사진

나는 쓰촨성 강진의 징후를 강력하게 예표한 일련의 현상에서 디카시의 강력한 계시성을 새삼 주목하게 됐다.

디카시는 일종의 '묵시문학'이다. 내가 만약 쓰촨성 강진 이전의 이상 징후들을 목격했다면 그것을 디카시로 옮겼을 것이라고 생각해 봤다. 두꺼비의 출현이나 강력한 지진운이 계시하는 바를 포착했다면, 그럴 때 시인은 예언자의 역할을 수행하게 된다. 영적 촉수를 지닌 예언자로서 시인은 일상인들이 포착하지 못하는 중요한 표지를 해석해주는 것이다.

랭보는 시인의 존재를 견자라는 관점에서 찾았다. 이 견자는 궁극적으로 '신의 목소리를 내는 도구로서의 예언자'를 의미한다. 랭보의 관점이 아니라도 근원적으로 시인은 예언자고 그래서 신의 메신저다. 이런 인식은 현대에도 유효하다. 이향아는 〈한 시인의 고백〉에서 다음과 같이 말했다.

> 시인은 예언의 종을 치는 사람이다.
> 인간의 고결한 감각과 예지,
> 순결한 양심과 고독이야말로 세상을 지키는 아름다움이라고,
> 시는 삶의 기후를 알리는 시계바늘이라고
> 시인은 끊임없이 종을 울려야 한다.

과거나 현재나 시는 일상인의 인식 수준을 넘어서 미처 일상인이 예상치 못한 생의 비밀을 누설하는 것이다. 그렇다고 모든 시가 예언의 수준, 묵시문학의 수준에 이르는 것은 아니다. 묵시라는 것은 '요한계시록'의 표제로서 처음 등장한 표현이라고 한다. 요한계시록은 신약성서에서 묵시문학으로 분류되는 유일한 책이며, 미래 사건과 관련하여 환상 · 상징 · 알레고리를 폭넓게 사용했기에 매우 난해하다. 요한계시록은 예수의 재림과 천국의 도래 및 로마의 멸망 등을 상징적으로 예언한 것이다.

시가 강한 계시성을 띠게 될 때 요한의 묵시록처럼 예언의 메시지가 된다. 그

러면 시인은 이향아의 지적처럼 '예언의 종을 치는 사람' 이다.

그렇다고 오늘의 시인들이 예언가의 반열에서 있느냐, 하면 대부분 그렇지가 못하다. 전 시대의 시인들이 지녔던 계시 능력은 현저히 축소됐다고 볼 수밖에 없다. 그것은 오늘의 정보화 시대와도 관련이 있다. 예전의 시인은 신의 뜻을 전달해주는 정도의 강력한 예언자는 못되었다손 치더라도 일상인의 눈을 뛰어넘는 사물의 고급 정보를 전달해주기는 했다. 그러나 오늘날 정보화 시대에는 정보의 개방화 · 자유화 바람에 따라 시인만이 고급 정보를 소유하는 것으로 보기는 힘든 국면이다. 그래서 오늘의 시인의 예지력이나 계시 능력은 많이 위축됐다. 그러나 자연계시에만 기대어도 시의 예언성을 회복할 수 있을 것 같다. 디카시는 자연이나 사물에 존재하는 시적 형상, 곧 자연계시를 포착한다는 점에서 근본적으로 계시성을 본질로 하고 있다. 조물주는 자연이나 사물을 통하여 당신의 존재와 역사를 드러낸다. "창세로부터 그의 보이지 아니하는 것들, 곧 그의 영원하신 능력과 신성이 그 만드신 만물에 분명히 보여 알게 되나니"라고 성서는 말한다.

고야가 자주 물을 마시던 웅덩이
봄날 아침 떠 있는 개구리 형상
저 물풀 예사롭지 않다
우주의 무슨 부호?
혹, 계시의 말씀
— 이상옥, 〈물풀〉

나는 물풀을 '우주의 부호' 이거나 '계시의 말씀' 으로 읽었다. 아직 청맹과니

어서 그 뜻을 정확하게 알 수는 없지만 '물풀'이 단순히 물풀로 그치는 것만은 아니라고 생각한 것이다. 이런 예사로운 물풀에게서도 때로 영성을 포착할 수 있다.

디카시의 궁극적인 지향점은 자연이나 사물에서 시적 형상으로 깃든 신성(계시성)을 포착하는 것이다. 이런 측면에서 나는 더욱 쓰촨성 강진 후일담을 읽으면서 디카시의 강력한 계시성에 대하여 주목했던 것이다. 자연이나 사물에서 내밀한 서정적 음성을 포착할 수도 있지만 쓰촨성 강진 이전의 강력한 이상 징후처럼 때로는 강한 계시적 음성을 포착할 수도 있다. 가능하면 디카시는 일반 문자시보다 더욱 강력한 계시성을 드러내는 것이 바람직하다는 생각이다. 가령 어떤 디카시가 수년 후에 그대로 성취되었다고 하면 그것이야말로 가장 이상적인 디카시가 아니겠는가.

나귀가 여호와의 사자가 칼을 빼어 손에 들고 길에 선 것을 보고 길에서 떠나 밭으로 들어간지라 발람이 나귀를 길로 돌이키려고 채찍질하니 여호와의 사자는 포도원 사이 좁은 길에 섰고 좌우에는 담이 있더라 나귀가 여호와의 사자를 보고 몸을 담에 대고 발람의 발을 그 담에 비비어 상하게 하매 발람이 다시 채찍질하니 여호와의 사자가 더 나아가서 좌우로 피할 데 없는 좁은 곳에 선지라 나귀가 여호와의 사자를 보고 발람의 밑에 엎드리니 발람이 노하여 자기 지팡이로 나귀를 때리는지라

이 글은 구약성경 민수기에서 따온 것으로, 여호와의 선지자인 발람의 영적인 눈은 감겨 있고, 오히려 그가 타고 있는 나귀가 영안이 열려 여호와의 사자를

본다는 에피소드다.

발람이 여호와가 원하지 아니하는 길로 행하려 할 때 좁은 길에서 여호와의 사자가 칼을 들고 더 나아오기만 하면 그를 칠 요량으로 기다리고 있다. 나귀가 그것을 보고 더 이상 나아가려 하지 않는데, 그것을 모르는 발람은 나귀가 말을 듣지 않는다고 세 차례나 때리며 나아가라고 명령하는 것이다.

이에 여호와가 나귀의 입을 열어 말하게 한다.

발람에게 이르되 내가 네게 무엇을 하였기에 나를 이같이 세 번을 때리느뇨 발람이 나귀에게 말하되 네가 나를 거역하는 연고니 내 손에 칼이 있었더면 곧 너를 죽였으리라 나귀가 발람에게 이르되 나는 네가 오늘까지 네 일생에 타는 나귀가 아니냐 내가 언제든지 네게 이같이 하는 행습이 있더냐 가로되 없었느니라 때에 여호와께서 발람의 눈을 밝히시매 여호와의 사자가 손에 칼을 빼어들고 길에 선 것을 보고 머리를 숙이고 엎드리니 여호와의 사자가 그에게 이르되 너는 어찌하여 네 나귀를 이같이 세번 때렸느냐 보라 네 길이 내 앞에 패역하므로 내가 너를 막으려고 나왔더니 나귀가 나를 보고 이같이 세 번을 돌이켜 내 앞에서 피하였느니라 나귀가 만일 돌이켜 나를 피하지 아니하였더면 내가 벌써 너를 죽이고 나귀는 살렸으리라 발람이 여호와의 사자에게 말씀하되 내가 범죄하였나이다 당신이 나를 막으려고 길에 서신 줄 내가 알지 못하였나이다 당신이 이를 기뻐하지 아니하시면 나는 돌아가겠나이다

발람이 깨닫지 못하니까, 나귀의 입을 열어 말하게 하고, 나귀의 말을 듣고서야 겨우 영안이 열려 사태를 파악하게 된 것이다. 선지자 발람은 신의 계시를 받

는 자로 일반인들에게 신의 메신저 역할을 해야 한다. 그런데 영안이 어두워지니까, 선지자가 미물인 나귀보다 못한 자가 됐다. 현대의 선지자인 시인의 존재도 마찬가지가 아닌가 한다. 두꺼비나 개 같은 미물보다 못한 영안을 지니고 있는 것이 아닌가 한다. 그렇다면 디카시라는 이름으로, 그 미물을 통해 말하는 메시지만이라도 포착하여 일반대중에게 전할 수는 없을까.

(2008년 가을)

최초의 고교생 디카詩
백일장을 열다

지난 9월 27일부터 10월 4일까지 경남 고성 2008, 제1회 디카시 페스티벌이 열렸다. 이번 행사에서 백미는 역시 고교생 디카시 백일장이었다. 디지털 시대 새로운 시의 아이콘인 '디카詩'가 백일장의 풍속도까지 바꿨다는 점에서 큰 반향을 일으켰다. 이제까지 백일장은 종이와 펜으로 치러지는 것이었다. 그러나 고교생 디카시 백일장은 종이와 펜이 아닌, 휴대폰만으로 치러지는 것이었기에, 그야말로 디지털 백일장이었다.

디지털 세대들에겐 휴대폰(디카)이 새로운 펜의 역할을 하고 있다. 펜으로 종이에 자신의 생각을 적어서 보내기보다는 휴대폰 메일로 멀티 메시지를 보내는 것이 디지털 세대의 소통 방식이다. 이런 측면에서 휴대전화를 이용한 디카시 백일장은 우리 시대 백일장 문화의 새로운 지평이 아닐 수 없다.

디카시에 대한 고교생들의 동물적인 적응력이었다. 과연 '디지털세대' 답다. 이날 심사를 맡은 김열규 서강대 명예교수는 그래서 "학생들의 즉흥성이나 기지, 위트가 기가 막히지 않은가. 이번 디카시 백일장에서는 이를 가장 큰 기준으로 보았다"고 평했다.

어느 기자의 지적처럼, 정말 디지털 세대인 고교생들은 디카시에 대한 설명을 잠시 듣고서는 곧바로 적응했다.

전국 최초로 열린 고교생 디카시 백일장은 9월 27일 오전 10시 경남 고성 남산공원에서 100여명의 고등학생들이 참여한 가운데 카페 '디카시 마니아' 운영자인 정푸른 시인의 사회로, 고성예총회장 김춘랑 시인과 진주민예총회장 박노정 시인의 축사에 이어서 필자로부터 디카시 백일장 진행 방법에 대한 설명을 듣는 순으로 진행됐다.

— 디카시 백일장에 참여하여 접수증을 받고 있는 고교생들

이날 내가 학생들에게 강조한 것은 두 가지였다.

첫째, 디카시는 자연이나 사물(모든 피사체)에서 시적 형상(날시)을 포착하여 문자로 재현하는, 디카사진과 문자가 하나의 텍스트(몸)가 되는 새로운 시의 장르라는 것.

둘째, 휴대폰 디카로 시적 형상을 찍고 즉석에서 그것을 문자로 재현(시제목 포함)하여 지정된 메일로 전송해야 할 것. 즉, 인간의 상상력과는 상관없이 자연이나 사물이 어떤 경우에는 스스로의 상상력(신의 상상력)으로 시적 형상을 구축하고 있는데, 이것(날시)을 디카(휴대폰)로 포착하여 문자로 재현하여, 오후 3시까지 지정된 메일로 전송하라는 것이었다.

고교생들은 남산공원에서 디카시에 대한 설명을 듣고는 자리를 옮겨 고성 군청 도로변에 설치된 디카시전을 관람하고 고성 군내를 자유롭게 다니면서 창작한 디카시를 지정된 메일로 전송하기 시작했다.

심사위원들(심사위원장 김열규 교수, 심사위원 디카시 마니아 회원)은 당일 수상자를 발표하기 위해 전송된 작품들을 대상으로 바로 심사에 들어갔다. 이날 심사는 이채를 띠었다. 고성예총 사무실 컴퓨터에서 지정된

— 디카시를 구상하는 고교생들

메일에 응모된 디카시 작품들을 일단 다음카페 '디카시 마니아' 응모작 방에 옮기는 작업과 함께, 출력을 하고 곧바로 심사를 했다.

그림자와 같이 항상 네 뒤를 지키고 서 있던 나를 너는 기억할지
귓가에 속삭여야만 사랑이 아니다
— 석류, 〈그림자 사랑〉

이 작품은 경남도교육감상인 최우수작이다. 수상자인 석류는 진주 선명여고 3학년 학생이다. 석류는 자신의 그림자를 보고 찍어 문자로 재현했다. 고성군에서 디카시전을 감상하고 바닥에 비친 자신의 그림자를 보고, 그것이 바로 '날시' 임을 확인한 것이었다. 그림자가 환기하는 사랑이라는 메시지를 잘 포착한 것이다.

스쳐가는 바람을 벗삼아
길을 걷는다
지나온 기억은
뒷짐을 진 채로
— 전혜민, 〈길 스쳐가〉

이 작품은 고성군수상인 우수작이다. 수상자인 전혜민은 마산 무학여고 2학

년 학생이다. 디카시전을 감상하고 있는 수녀를 찍어 문자로 재현했다. 차선 화살표가 환기하는 반전과 수녀의 이미지가 병치하는 피사체의 말을 받아 적은 셈이다. 수녀가 전경화된 이 디카시의 언술은 깊은 생의 메시지를 던진다.

— 종이에 펜으로 쓰던 방식이 아닌, 디지털 시대의 새로운 펜인 휴대폰으로 이루어진 고교생 디카시 백일장을 상징적으로 보여주는 그래픽(2008. 9. 25일자《부산일보》)

위에서 소개한 작품 외 우수 1명, 장려 3명, 입선 7명의 수상작도 나름대로의 수준을 보여주었다. 전국 최초로 열린 고교생 디카시 백일장은 의외의 소득을 거두며, 디카시 백일장의 가능성을 널리 보여준 성공적인 행사로 유종의 미를 거뒀다.

(2008년 겨울)

디카詩의 문화 브랜드 파워

앞에서도 소개한 바와 같이 지난해 9월 27(토) 오전 10시 경남 고성 남산공원이 백일장 사상 초유의 일로 이목을 집중시켰다. 그건 다름 아닌 고교생 디카詩 백일장이었다. 종이에 펜으로 시를 쓰던 방식과는 달리, 종이도 펜도 없이 달랑 휴대폰 하나만으로 백일장이 이루어진 것이니 화제가 되기에 족했던 것이다. 이 백일장은 '경남고성 2008 제1회 디카詩 페스티벌'의 일환으로 이루어졌다. 제1회 디카시 페스티벌은 백일장 외에도 디카시전과 디카시의 밤 행사도 함께 열려서 성황을 이루었다.

따라서 이번 호(《디카詩》 5호)에서는 제1회 디카시 페스티벌이 기획특집으로 나간다. 이 페스티벌이 의외로 반응이 좋아 경남 고성에서 매해마다 정례적으로 개최하기로 했다. 지자체의 지원을 받아서 이루어지는 행사이기 때문에 앞으로 그 규모도 차츰 확대될 것으로 믿는다. 또 하나, 이번 호에서 눈여겨봐야 할 것은 디카시 작품의 편집이다. 디카시가 자연 등에서 시적 형상(날시)을 디카로 포착하여 문자로 재현하는 것인바, 여기서 문제되는 것 중 하나는 사진과 문자를 어떻게 한 몸으로 매치시키느냐이다. 사진 + 문자를 매치시키는 방법은 아직까지 정형화되지는 않았다. 실상, 사진 + 문자의 배열 방식을 어느 하나로 고착시키는 것은 적절하지 않은 일인지도 모른다. 사진과 문자가 한 몸이라는 전제 하에서라면 그것들이 어떻게 만나든 상관은 없을 터이다. 이번 호에서는 디카시의 특성을 강조하는 방식으로 기존의 편집과는 다르게 시도해 보았다.

그리고 이번 호에 수록된 디카시 작품들은 디카시의 정체성에 어느 정도 부합한 것으로 볼 수 있다. 그것은 이전의 청탁서보다는 구체적으로 디카시의 범주를 설정하고 청탁한 원고들이기 때문이다.

① 디지털 영상 시대를 맞아 문학도 디지털로 소통하는 방식으로 빠르게 진화하고 있는 가운데, 디지털카메라로 자연이나 사물에서 시적 형상(날시)을 포착하여 디지털카메라로 찍어 문자로 재현하는 방식이 '디카詩'입니다.

② 자연이나 사물에서 포착한 시적 형상은 아직 언어로 형상화되기 이전의 날시(raw poem)입니다. 그 날시가 디지털카메라에 포착되어 디카영상으로 드러나고 다시 문자로 재현되어 '영상 + 문자'의 온전한 디카시가 되는 것입니다.

다시 말해 자연이나 사물에 이미 존재하는 시적 형상(날시)을 영상과 문자로 옮겨온다는 느낌으로 생각하시면 됩니다. 이때 영상과 문자는 2위 1체로 가령, 사람의 몸과 정신의 결합과 같은 것입니다.

③ 디카시는 자연이나 사물에서 문득 발견한 시적 형상을 순간 포착하는 것이기 때문에 피사체의 말을 순간적으로 옮겨온다고 생각하시고, 가능한 한 짧게 써주시면 고맙겠습니다.(언술 방식은 자유롭게 하시면 됩니다. 직접 피사체의 말을 전달하는 방식이든 아니면 시인의 말로 바꾼 간접화법으로 하셔도 상관없습니다.)

④ 단, 본인이 먼저 자연이나 사물에서 시적 형상을 포착하고 직접 디지털카메라로 찍어서 문자 재현해 주셔야 합니다.

기회 닿는 대로 지적한 바이지만 디카시는 일반 문자시와는 다른 미학을 지니고 있다. 그것은 몇 마디로 말할 수는 없지만 위의 4개 항(청탁서에서 발췌)은 디카시의 정체성을 드러내는 최소한 범주라고 말해도 좋을 듯하다.

최근에는 《경향신문》에 매주 1회 '이상범의 디카詩'가 연재되고 있다. 나는 또한 《경남일보》(경남 진주 소재)에 매주 1회 '이상옥 시인의 디카詩로 여는 아침'을 연재하고 있다. 전자는 이상범 선생의 자작 디카시 연재고, 후자는 이제까지 시인들이 쓴 디카시를 소개하고 단평을 다는 형식의 연재다. 경위야 어떻든 서울과 지역에서 매주 1회씩 디카詩라는 이름으로 신문지면을 장식하고 있다.

　이번에 본지가 디카시라는 운동성을 띤 담론을 펼치면서, 무크지까지 포함하여 통권 5호의 성과를 거둔 것은 누가 뭐래도 큰 수확이다.

　우리나라 최초의 순문예지 《창조》가 1919년부터 1921년까지 통권 9호로 폐간됐지만, 우리 문단사에 큰 획을 그었던바, 순문예지 《디카詩》도 최소한 통권 9호까지는 발행하여 시가 언어예술이라는 카테고리를 넘어서는 디지털 시대의 새로운 시의 모형을 찾았다는 의의만이라도 확보했으면 한다. 《창조》의 체재가 국판 100쪽 안팎으로 이루어졌던 것과 같이 《디카詩》도 비슷한 체재를 유지하고 있다. 얄팍한 체재로 되어 있지만 본지의 역할은 《창조》와 마찬가지로 새 시대의 시의 새 길을 개척해나간다는 의지만은 굳건하다고 하겠다.

　잡지를 만드는 것이 쉬운 일이 아님을 잘 알고 있다. 그러나 이 땅에 지금 문예지라는 이름으로 출간되는 수백종의 잡지들과는 차별화된 진정한 의미의 독자성을 지닌다고 감히 자부하며 본지가 호수를 거듭할수록 보람이 가득할 것으로 믿는다. 항상 여러 가지 어려움이 봉착되고 있지만 초심을 버리지 않는다면 9호로 종간한 《창조》보다 장수하는 전위적인 잡지로 살아남을 수 있지 않을까, 하는 언감생심의 기대 또한 없지 않다.

아무튼《디카詩》라는 본지를 중심으로 '디카詩' 운동을 펼친 결과 디카시가 분명 우리 시대 문화 브랜드 파워를 뿜어내면서 시의 새로운 장르로 안착하고 있다는 것을 곳곳에서 목도하고 있다. 앞으로 디카시의 문화 브랜드 파워에 힘입어 디카시 시리즈 시집이나 디카시 사화집 등도 기획해볼 요량이다. 그리고 아름다운 디카詩 엽서를 통해서도 디카시의 존재를 널리 알리고자 한다.

(2009 신년)

디지털 영상 시대, 디지털
카메라를 활용한 시쓰기 전략
- 디카詩를 중심으로

1. 모든 길은 영상(?)으로

오랜만에 영화 한 편을 보았다. 팔순의 농부와 30년을 함께 한 늙은 소 얘기를 다룬 다큐멘터리 영화 〈워낭소리〉다. 이 영화는 최노인과 늙은 소가 전경화되는 영상물이었다. 특별할 것도 없는 이 영화가 지난 3월 관객수 97만1천명을 돌파하여 최대 흥행 기록을 세웠다고 한다. 이 영화를 보면서 새삼, 영상의 힘을 느꼈다. 소가 노쇠하여 제대로 걸음을 옮길 수도 없는데 노인이 고삐를 잡으면 비틀거릴지언정 뚜벅뚜벅 걸어가는 억척스러운 모습이나 소달구지를 타고 졸고 있는 노인의 태평스러운 모습 등의 영상 이미지는 매우 강렬한 것이었다.

이 영화에서 눈여겨 볼만한 것은 대사나 해설 따위의 언어는 최소화되었고, 그래서 더욱 시적 영상으로 다가왔다는 점이다. 영상에 의해서 언어(문자)가 탄력을 얻을 수 있다는 점을 시사하는 것이다. 아무튼 이런 영상을, 예전에는 TV나 영화에서 주로 볼 수 있었지만, 이제는 누구나 마음만 먹으면 스스로 송출할 수 있기까지 하는 디지털 영상 소통 시대를 맞았다. 가령, 길을 가다가 너무나 감동적인 장면을 만났을 때, 그것을 타인과 공유하기 위해서 종이에다 그것을 묘사하여 편지를 보내는 방법도 있겠지만, 이제는 휴대폰 디카로 영상(동영상 포함)을 찍어서 폰에 내장된 멀티메일로 바로 전송해버리면 된다. 이렇게 영상으로의 소통이 실시간 가능한 디지털 혁명의 시대를, 우리는 살고 있다.

이런 새로운 소통 환경에서는 제 분야에 걸쳐 디지털 테크놀로지 기술을 기반으로 하는 영상과 새로운 대화가 활발하게 일어날 수밖에 없는 것이다.

문학 내부에서도 소설과 비평과 시와 희곡 사이의 구분이 사라지고 있으며, 문학 외부에서도 문학과 타 예술 장르·타 학문 사이의 경계가 점점 더 모호해지고 있다. 그리고 그 결과 문학과 영상이나 문학과 미술뿐만 아니라, 문학과 과학이나 문학과 테크놀러지 사이에서도 활발한 대화가 일어나고 있다. 예컨대 최근 창립된 '문학과 영상학회', '영상 문화학회', '영상영어교육학회' 같은 전국 규모의 학회들이나 대학원에 설치된 과학사·과학철학과 인문학 사이의 협동 과정도 바로 그러한 탈장르적 맥락에서 생겨난 것들이다.[1]

디지털 시대를 맞아 문학 장르간의 경계, 문학과 타 예술 장르간의 경계도 점점 모호해지면서 다양한 대화가 이루어지고 있는 것이다. 이런 현상은 다양한 방식으로 이루어지지만, 키워드는 역시 '문학과 영상학회', '영상 문화학회' 등의 명칭에서도 나타나듯이, 영상의 수용 방식에 대한 문제로 귀결되는 것처럼 보인다. "모든 길은 로마로 통한다"는 말처럼 우리는 지금 디지털 영상으로 통하는 시대에 살고 있는 것이다. 디지털 영상으로 소통하는 시대에 이제 시라고 예외일 수는 없다. 이런 점에서 쟁점평론으로 '시와 영상'이 기획된 것이 아니겠는가.

---

1) 김성곤, 《퓨전시대의 새로운 문화 읽기》 (문학사상사, 2003), p.211.

2. 디지털 영상 시대, 시가 진화하고 있다

일찍이 최혜실은 변하지 않는 인문 정신, 그리고 문학에 대한 정의 때문에 정말 할 수 있는 부분, 정말 해야 할 부분을 놓치고 있다면서 문학은 변화된 환경에서 스스로 몸 바꾸기를 할 때라고 강조했다. 폐쇄된 자기 영역에 안주하여 새로운 문화 환경을 비판만 한다면 문학은 자본주의의 경쟁논리 속에서 스스로를 왜곡시키고 축소시키게 될 것이기 때문이다. 따라서 문학은 문자성을 더욱 강조한 채 소수 집단을 위한 향유물로 자신의 정체성을 지켜나가든지, 아니면 문자성을 본질로 한 채 영상물까지 아우르게끔 자신의 영역을 개방하든지 결정해야 할 처지에 놓여 있다는 것이다.[2]

시라는 이데아도 어느 시대나 고정불변의 것일 테지만, 그것이 드러나는 현상은 시대에 따라 달라지는 것이다. 음성언어 시대의 시와 문자언어 시대의 시, 나아가 뉴미디어 시대의 시는 각양 다른 국면일 수밖에 없다.

"미디어가 바로 메시지다"라는 마샬 맥루한의 유명한 말은 현대 정보 산업 사회의 의사 소통 체계를 요약한다. 의사를 소통하기 위하여 어떤 수단을 사용하느냐의 문제가 의사 소통의 내용을 조종할 수 있다는 뜻이다. 미디어가 바뀌면 메시지도 바뀐다는 이 명제는 21세기 사이버 문명의 본질이다. 문자 문화, 인쇄 문화를 통한 아날로그적인 세계가 비디오 문화, 전자 문화를 통한 디지털 세계로 빠르게 전환되고 있는 것이 오늘의 현실이다. 또한 종래의 디지털 문화는 더

---

2) 최혜실,《디지털 시대의 문화 읽기》(소명출판사, 2001), pp.16~24.

더욱 새로워진 뉴디지털 문화로 발전하고 있다. 미디어의 개념이 등장한 지 얼마 되지 않아 다시 뉴미디어의 개념이 나타나는 것 역시 이와 같은 맥락에서 이해할 수 있겠다. 아날로그적 문명의 중심이 책이었다면 디지털 세계의 중심은 컴퓨터이다. 이러한 변화 국면에서 우리는 아날로그적 예술과 디지털적 예술의 상관성과 차이점에 관하여 되묻지 않을 수 없다.[3]

의사 소통의 수단이 내용 자체를 조종하게 된다는 것은 지금, 우리 시대에서 충분히 목격하는 자연스러운 현상이 되고 있다. 소통 수단이 음성언어에서 문자 언어로 바뀔 때에도 시에 대한 새로운 질문을 던졌듯이, 문자 중심에서 뉴미디어인 디지털 영상 중심으로 바뀌고 있는 시점에서 다시 시란 무엇인가, 라는 질문을 던지지 않을 수 없다.

실상 디지털 시대는 단순히 시를 쓰느냐, 시를 치느냐의 문제로 국한되는 것이 아니다.[4] 디지털 시대를 맞아 이른바 '시적인 것'의 개념 자체가 변화하고 있다는 사실이다. 시적이라는 것의 개념은 시대를 따라 끊임없이 변화해왔으며, 현재 그 변화는 시인과 독자 양쪽에서 시적인 것의 개념을 확대하는 방향으로 진행하는바, 그 근저에는 보이지 않는 손으로서 디지털 기술이 자리하고 있는 것이다.[5]

우리 주변의 새로운 감성의 디지털 세대 등장에 대하여, 최동호는 〈이슈의 숲

---

3) 강현구, 김종태, 《대중문화와 뉴미디어》(도서출판 월인, 2003), p.65.
4) 김훈은 디지털 시대에도 "나에게는 손가락으로 그렇게 하는 동작이 너무 비천하게 느껴졌어요. 나는 연필을 잡고 글을 쓰는 것이 정당한 글쓰기의 태도라고 생각하는 것이죠."라는 고백을, 어느 대담에서 밝힌 적이 있다. 아직도 컴퓨터 자판을 치는 대신 원고지에 연필로 소설 쓰기를 고집하는 김훈 같은 작가가 없지 않지만 디지털 시대에 문학적 글쓰기는 그렇게 단순한 문제가 아니다.
5) 이성우, 《0/1의 세계에서 시란 무엇인가 – 디지털 기술과 한국 현대시》(고려대학교출판부, 2007), pp.16~20.

길·8/공연시에 대하여〉라는 대담[6]에서 실감 있게 제시하고 있다. 그는 "최근 우리 주변의 시쓰기 환경은 엄청나게 달라졌습니다. 베이징 올림픽 개막식을 보았다면 그 변화를 실감할 수 있을 것입니다. 디지털적 매체 변화는 인간의 상상력과 그 실현을 획기적으로 바꾸어 놓았습니다. 이제 활자문화시대의 글쓰기를 독자에게 강요할 수 없습니다. 이미 학생들은 이미지나 영상으로 표현되지 않는 어떤 문화도 쉽게 받아들일 수 없습니다. 이미지로 표현되지 않는 활자책을 읽고 있으면 아무 생각도 떠오르지 않는다고 학생들은 말하고 있습니다."라고, 우리 시대의 시쓰기의 변화의 징후가 이론 속에 머무는 것이 아니라 실제 상황임을 단정적으로 지적한다.

이제 더 이상 시가 문자만을 고집할 수 없는 디지털 환경에 놓여 있다는 것은 아무도 부인할 수 없는 사실이고, 지금 이 시간에도 시는 문자언어를 넘어 빠르게 진화하고 있다. 이런 점에서 디지털 시대에 새로운 문학 현상으로 디카시(詩), 시 배달 서비스, 전자책, 오디오 북, 인터넷으로 들어선 작가 등을 소개한 〈작가와 독자 '디지털로 소통하다'〉라는 기사[7]도 눈여겨볼만하다.

---

6) 월간 《시문학》 2008년 10월호.
7) 2007.09.11. 헤럴드경제 자매지 캠퍼스헤럴드(www.camhe.com) 기사의 요지는 다음과 같다. 하나. 디카시 – 디지털 카메라의 보급과 더불어 문학계에서는 '디카시'라는 새로운 용어가 나왔는데, "디카시는 '언어 너머의 시'를 디지털카메라로 찍어 문자로 재현한 시"라면서 "단순히 시와 사진이 조합된 시사진(시화)이 아니라 디지털 시대에 보다 진화된 멀티언어예술"이라는 관점을 소개. 둘. 시 배달 서비스 – 문학 나눔 사업 추진위원회에서 독자를 위한 인터넷 시 배달 서비스를 제공하는데, '안도현의 시 배달', '성석제의 소설 배달' 등이 그림이나 사진, 플래시, 애니메이션과 함께 활용한 시와 소설을 독자에게 골라 보냄. 셋. 전자책 – 전자책은 휴대용 소형 컴퓨터 단말기에 문서·화상·음성 등을 기억시킨 출판물로 최근에는 휴대폰을 이용한 e북뿐만 아니라 곳곳에서 전자책 도서관까지 운영되어 디지털 북의 이용이 확대될 전망. 넷. 오디오 북 – 귀로 듣는 책, 혹은 귀로 읽는 책을 뜻하는 오디오 북은 디지털 기술의 급속한 발달과 함께 세계적으로 갈수록 늘어나는 추세로, 미국에서는 오디오 북이 전체 출판물 시장의 10%를 차지하고 있고, 한국에서는 2000년 이후 오디오 북 시장이 활성화되면서 오디오 북 전문 업체가 생겨나고, '책 읽어주는 사람'을 뜻하는 '북텔러(book teller)'가 신종 직업으로 등장. 다섯. 인터넷으로 들어선 작가 – 온라인에서 확보한 자신의 공간에서 글을 쓰다가 출판의 기회를 얻게 된, 이른바 인디라이터(Independent Writer)라고 불리는 이들은 누구의 제재나 허락도 필요 없이 자유롭게 글을 게재할 수 있는 양상들은 네티즌의 지지를 얻으며, 디지털 속으로 들어간 출판에 새로운 형식을 가져왔다. 예전처럼 원고를 들고 출판사로 찾아가기보다 인터넷으로 독자를 먼저 사로잡아 인정받겠다는 작가도 늘고 있다. 기존의 인기 작가 역시 더 이상 신문에만 연재 소설을 게재하지 않는다. 중견작가인 박범신 씨는 지난달 10일부터 신작소설 〈촐라체〉를 네이버 블로그(blog.naver.com)/wacho)를 통해 연재하며 독자와 가까이 소통하려는 노력을 기울이고 있음.

이런 대중 매체의 관심과 함께 디지털 영상을 중심으로 한 새로운 시의 진화에 대하여 학문적으로도 접근이 이루어지고 있다.

하상일은 디지털 시대의 시적 상상력은 언어의 재현성을 넘어서 문자에 도상적 기호(icon)의 특별한 의미를 부여한다면서 이 경우 문자는 그 자체로 이미지가 되어 언어적 해석보다는 시각적 효과로 새로운 의미를 생산해낸다고 본다. 이러한 특성은 80년대 황지우에 의해서 실험되었던 형태시에서 그 연원을 찾을 수 있지만, 이러한 탈언어적 상상력은 디지털 환경과 만나면서 사진, 그림, 만화, 플래시, 동영상 등이 결합된 상호텍스트적 양상으로 더욱 심화된다는 것이다. 지난 90년대 초반 대중문화 또는 하위문화의 시적 수용이 단순한 제재로서의 수용에 머물렀던 것과는 달리, 디지털 미디어를 매개로 한 현대시의 상호텍스트성은 디지털 환경 그 자체를 시쓰기의 도구로 활용하는 적극적인 교섭 양상을 보여주는 바로 디지털 카메라로 시쓰기에 활용한 디카시나 사진과 시의 결합인 포토포엠이 대표적인 양상이라는 인식이다.[8)]

3. 디지털카메라를 활용한 새로운 시쓰기 전략, 디카시

디지털 시대에 시가 문자예술을 넘어 영상언어까지 다양한 방식으로 수용하고 있지만, 디지털카메라를 도구로 활용한 시쓰기는 디카시와 포토포엠이 대표적이라고 앞에서 하상일이 지적했지만, 여기서 포토포엠이라는 용어는 자칫 오독할 소지가 없지 않다.

---

8) 하상일, 〈현대시의 디지털화와 소통양식의 변화〉, 남송우 외, 《문학과 문화, 디지털을 만나다》(산지니, 2008), pp.134~135.

포토포엠은 시와 사진을 결합시킨 산물이지만 일반적으로 시인이 쓴 시를 타인이 찍은 사진과 결합하는 방식이어서, 애초에 시는 시대로 독립성을 유지하고 사진은 사진대로 독립성을 유지하고 있던 것이다. 이 둘이 필요에 따라 결합됨으로써 상호텍스트성의 효과를 발휘하는 것이 포토포엠이다. 따라서 포토포엠이라는 이름으로 결합되어져 있지만, 이 둘은 언제든지 분리된 채 따로 존재하면서 각자 장르 나름으로 존재 의의를 지닐 수 있게 되는 것이다.

그런데 김영도는 한국문학이론과 비평학회 2007 전국학술대회에서 발표한 〈사진과 시의 새로운 장르 탐색; 포토포엠(PhotoPoem)〉[9] 이라는 논문에서 멀티미디어의 도래로 글과 영상이 결합하여 빚어내는 새로운 장르의 부상은 오래 전의 시서화에서부터 그림책이나 만화 등에서 보여주던 이코노텍스트와 또다른 국면인 디지털 영상 시대의 진화적 성격을 지니는바, 영상 시대의 산문형식이 영화이고 운문형식은 사진이라는 인식으로 시와 사진의 상생의 장르로 포토포엠을 제안하였다.

김영도가 제안한 포토포엠은 문자언어를 기반으로 하는 문학이나 시각언어인 영상이 도상(Icon)의 영역과 상징(Symbol)의 영역이라는 차이가 나는 가운데서도 소통을 꿈꾸는 언어라는 관점에서 문자와 영상이 어우러져서 매혹적인 스펙트럼을 형성한다는 점, 사진과 시가 보다 진화된 이코노텍스트(Icnotext)로서의 새 장르를 구축할 수 있다는 점 등의 논지를 토대로 하는 것이다.

그러나 포토포엠이라는 명칭은 이미 존재하고 있는 디카시라는 명칭과 중첩되는 것이다. 장영도는 디카詩나 디카 에세이의 디카(Digital Camera)는 상당히 기술 지향적인 측면의 단어여서 콘텐츠 개념으로 사진과 시의 특성을 지칭하는

---

9) 자료집 《디지털스토리텔링과 영상의 미래》(한국문학이론과 비평학회 / CT인력양성사업단, 2007.4), pp.165~170.

용어로는 부적절하다고 보고 포토포엠이라는 용어를 제시했지만, 이미 2007 조선일보 '사이버 신춘문예'가 한국 일간지 역사상 처음으로 "응모자의 디카로 찍은 사진과 함께 쓴 에세이"라는 새로운 장르 개념으로 '디카 에세이'를 공모해서 큰 반향을 일으켰고, 역시 경향신문에서도 최근 젊은이 사이에 인기 높은 '디카'를 통한 글쓰기를 문학 차원으로 끌어올리기 위해 '디카 에세이' 부문을 신설하였다.

같은 맥락에서 디지털 시대의 사진영상과 시의 상생의 새로운 장르로서 이미 '디카시'라는 명칭이 있는데, 굳이 다시 기존의 '포토포엠'이라는 개념을 새로운 의미로 명명한 것은 오히려, 혼란을 가중시키는 것처럼 보인다.[10]

따라서 이 자리에서는 디지털카메라를 도구로 활용한 시쓰기 전략의 대표적 양상을 디카시로 한정하여 보고, 디카시를 대상으로 말하고자 한다.[11]

---

10) 이상옥, 〈사진과 시의 새로운 장르 탐색; 포토포엠(PhotoPoem)에 대한 토론문, 위의 자료집, p.171.
11) 나는 디카詩라는 명칭을 처음 사용하면서, 그간 디카시 작품 창작과 함께 졸저 《디카詩를 말한다》(시에, 2007)를 비롯한 디카시론 관련 글들을 다수 발표했다.
아래는 디카시 운동의 연혁이다.
2004년 4월 2일 국내 최초로 '디카시(dica-poem)'라는 새로운 용어로써 인터넷 서재에 연재(8월6일까지)
동년 9월 15일 '문학의 전당'에서 최초의 디카시집 《고성 가도 固城 街道》출간.
동년 17일 다음 카페 디카시마니아(http://cafe.daum.net/dicapoetry) 개설.
2005년 8월 16일 경남문학관에서 최초의 개인 디카시전 개최.
2006년 6월 1일 디카시전문 무크지 《디카詩 마니아》창간.
동년 12월 1일 디카시전문 무크지 《디카詩 마니아》2호 출간.
동년 12월 9일 경남문학관에서 《디카詩 마니아》2호 출판기념회(문덕수 선생 디카시 강연)개최.
2007년 7월 20일 제호 '디카詩', 등록번호 경남 사01019 연 2회간 잡지 등록.
동년 5월 7일 출판사 '시에'에서 디카시론집 《디카詩 말한다》출간.
동년 10월 26일 창신대학 세미나실에서 〈시와 소통 – 디카시를 중심으로〉(발제 박찬일, 토론 양왕규)라는 테마로 세미나 개최.
동년 11월 23일 경남 고성군 마암면 장산리 210번지 '도서출판 디카시' 등록.
동년 12월 31일 도서출판 디카시에서 반년간 《디카詩》창간호 출간.
2008년 6월 25일 도서출판 '디카시'에서 반년간 《디카詩》2호 출간.
동년 9월 27일 제1회 경남고성 디카시페스티벌 개최.
2009년 1월 5일 도서출판 디카시에서 반년간 《디카시》통권 5호 출간(《디카시 마니아》2권을 포함 통권 5호)
2009년 5월 30일 제2회 경남고성 디카시페스티벌 개최.

각주 11에서 밝힌 디카시 연혁에서처럼, 나는 2004년 4월 2일부터 동년 8월 6일까지 인터넷 서재(http://lso.kll.co.kr/)[12]에 디카詩(dica-poem)라는 새로운 시 문학 용어로 50편을 연재하였다. 그러면서 디카시는 서서히 공론화되기 시작했고, 나의 주도 하에 디카시 담론은 디지털 시대의 새로운 시운동으로 서서히 자리하게 되었다. 디카시 운동은 처음에는 나 혼자였으나 차츰 언론매체의 관심과 더불어 기성 문인들도 참여하여 하나의 에꼴을 형성하기에 이르렀다.

디카시라는 화두를 붙잡고 연재를 시작할 당시부터, 디지털 영상 시대에는 그 시대에 맞는 새로운 시대정신을 담을 수 있는 새로운 시의 장르가 필요함을 인식하였다. 그것은 문자만이 아니라 영상과 문자로 함께 표현하여야 한다는 것이다. 즉, 자연이나 사물에서 포착한 시적 형상을 디지털카메라로 찍고 문자로 재현하여 결합하는 방식이다. 이런 작업은 기존의 시화나 시사진과는 다른 작업이라는 인식이 선행된 것이다. 나는 디카시를 디카로 찍고, 쓰는 작업을 하면서 서서히 시론화 작업에 관심을 가지게 되었다.

2004년 9월에는 최초의 디카시집 《고성 가도(固城 街道)》(문학의 전당)를 출간하면서 시집 후기에 최초의 디카시론이라 할 수 있는 〈디카시, '언어 너머 시……〉를 발표했다. 이 글은 소략한 시론이지만 디카시의 기초 이론의 토대가 처음 마련됐다는 점에 그 의의가 있다.

　　문덕수 시인이 "시는 언어예술이면서도 언어를 넘어선다"고 지적한 바 있듯이, 오늘의 시는 기존의 시론이나 틀 속에 갇혀 있을 수만은 없다. 시는 언어를

---

12) 원래 인터넷 '한국문학도서관'에 있는 서재였는데, 현재는 '한국디지털도서관'으로 명칭이 바뀌면서 서재 주소도 지금의 것으로 바뀌었다.

넘어서도 존재하는 것이다.

디카시는 '언어 너머 시'를 디지털카메라로 찍어 문자로 재현한 시다. 따라서 '디카시'는 단순한 시와 사진이 조합된 시사진(시화)이 아니다. 디카로 찍은 사진은 '언어 너머 시' 다. 다시 말해 시의 노다지다.

금은 금광 깊이 파고 들어가서 채취하기도 하지만 사금 같은 경우에는 금덩어리로서 산출되기도 한다. 문자시가 전자의 경우라고 하면, 디카시는 후자처럼 시의 노다지를 언어 너머에서 발견한 것이다.

이 글은 〈디카시, '언어 너머 시……'〉의 전문(前文)으로 다소 거친 지적이지만 디카시의 정체성을 드러내고 있다.

첫째, 기존의 시가 전통적으로 지닌 언어예술이라는 카테고리 넘어, 디카시는 문자언어와 함께 디카영상을 광의의 언어로 수용한다.

둘째, 디카시는 언어 너머에 존재하는 자연이나 사물의 상상력(신의 상상력)으로 이미 구축된 시적 형상을 포착하여 그 형상을 문자로 재현한다. 이 두 명제는 디카시의 가장 중요한 원리라고 할 수 있다.

시가 시인의 상상력으로 시적 대상을 예술적으로 재구성, 혹은 변용시켜 창조하는 것이기도 하지만, 이미 스스로 존재하는 언어 이전의 시적 형상 가칭 '날시(raw poem)'도 상정해 볼 수 있다.[13]

---

13) 이상옥, 〈디카詩의 가능성과 창작방법〉, 2004 국제어문학회 가을학술대회 논문집 《한국문학에 나타난 글쓰기 창작방법론》, p.33.

위의 두 명제와 함께 주목을 요하는 것이 디카시론을 구축하기 위해 내가 만든 신조어인 '날시' 라는 용어다. 날시는 두 번째 명제에서 제시한 시인의 상상력을 넘어서는 사물이나 자연의 상상력, 즉 신의 상상력으로 구축된 시적 형상을 지칭하는 것이다. 기존의 문자시가 시인의 상상력으로 자연이나 사물을 소재로 하여 새로운 예술품을 창조해내는 것이라면 디카시의 날시는 시인의 의지와 상관없이 이미 존재하고 있는 것을 의미한다. 즉 자연이나 사물에서 어떤 경우 신의 상상력으로 빚은 시적 형상을 포착할 때 그것이 곧 날시가 된다. 따라서 디카시의 문자 재현 작업은 곧 날시를 전제로 하는 것이다. 그러면 이제부터 디카시의 기본 명제를 중심으로 그간 논의된 몇몇 쟁점을 살펴봄으로써 디카시의 본질에 더 깊이 다가가보도록 하겠다.

김열규는 〈디지털 시대의 디카시〉[14]에서 디카시의 새로운 '언어관' 과 '즉흥' 을 거론하고 있다.

예컨대 바람이 불어서 감이 떨어지고, 낙엽이 지고, 그리고 그 위에 벌이 앉았다고 할 때, 낙엽과 감, 벌이 모두 훌륭한 텍스트라고 할 수 있지요. 언어도 기호 속에 들어가는 것이고 세계가 전부 텍스트입니다. 따라서 이선생의 디카詩라는 것은 이런 새로운 언어관의 변화 위에 서 있는 한 증표證票라고 할 수 있겠지요. 거기다 제가 디카詩를 보면서 뭘 생각했느냐 하면 '즉흥卽興' 입니다. 시에도 즉흥이 있고, 음악에도 즉흥이 있습니다. 슈베르트의 피아노곡 중에서도 가장 감동적인 것이 즉흥곡卽興曲으로, 인류예술사에 늘 즉흥이 존재되어 왔다는 것입

---

14) 《디카詩 마니아》 창간호 대담.

니다. 다시 말하면 예술은 한쪽에서는 노동이고 고역인데 한쪽에서는 즉흥이라는 겁니다. 오늘날 이 즉흥의 발언권은 이선생의 디카詩를 통해서 문득 더 커지는 거지요.

김열규는 소쉬르의 기호학을 예로 들면서 디카시가 언어를 너머의 자연이나 사물이라는 텍스트를 시의 언어로 수용하는 것이 자연스런 현상임을 지적하였다. 이는 곧 디카시가 자연이나 사물에서 시적 형상을 포착하는 것은 기호학적 언어의 확장 측면에서도 그 의의를 찾을 수 있다는 점을 시사 받을 수 있다. 그동안 시의 언어는 문자예술이라는 좁은 의미의 언어에 갇혀 있었던 것이 사실이다. 이런 점에서 디지털 영상 시대를 맞아 디카시가 보다 광의의 언어관을 지니는 것은 시대 조류에 부합하는 것이다. 그리고 디카시가 날시의 (극)순간 포착이라는 점을 염두에 둘 때, 김열규가 말하는 '즉흥'은 디카시의 속성으로 매우 중요한 것이다. 원래 서정시란 연속적이고 역사적인 또는 서사적인 시간에 관심이 적은 것이 본질이기 때문에 경험이나 비전이 집중되는 結晶의 순간들 속에 존재한다는 점[15]에서도 디카시의 극순간포착의 즉흥은 시의 본질에 충실한 것으로 볼 수 있다.

김열규는 즉흥은 인간의 영감과 연계된 것으로 보는데, 여기서 영감은 철저하게 장인정신이 쌓이고 쌓여서 생겨나는 것이어야 한다는 것이다. 결국 장인정신과 영감이 하나가 된 즉흥이어야 한다는 논지다. 즉흥으로 찍지만 보는 사람이 디카시를 오래 들여다보게 만들어서 시선을 고착시켜야 하는, 즉 즉흥성이면서

---

15) 김준오, 《시론》(삼지원, 1990), p.33.

내포성을 가져야 한다는 것이다.

결국 극순간성과 메타포가 조화를 이루어야 디카詩로써 정체성을 확보할 수 있다는 것이다.

김열규가 말하는 '즉흥'은 극순간 포착을 전제로 하는데, 이에 대해 박찬일은 디카시 세미나 발제 논문 〈시와 소통〉[16]에서 '시적 충동'으로 해석하고 있다.

> "시적 장면"(혹은 시적 형상)의 "포착"은 전통적인 창작미학적 관점에서 보면 '시적 충동'과 혹은 詩魔와 다를 바가 없다. '쓰지 않으면 견딜 수 없는' 그 충동 말이다. 시적 충동이 시적 충동을 불러일으킨 자연이나 사물에 디지털 카메라를 들이대게 하고, 시인은 그 디지털 카메라로 찍은 사진을 문자시로 재현한다. 발제자는 시적 충동이 시에서 중요한 만큼 '자연이나 사물에서 포착한 시적 형상'또한 중요하다는 점을 인정한다. 그러나 시적 충동이나 '자연이나 사물에서 포착한 시적 형상'은 신이 인간에게 주신 선물이다. 神性의 영역이다.

박찬일은 시적 장면(혹은 시적 형상)의 포착은 전통적인 창작미학적 관점에서 '시적 충동' 혹은 '詩魔'와 같다는 것이다. 이런 점에서도 디카시에서는 시인의 의지보다는 시인 밖의 의지가 개입되는 것으로 봐야 한다. 여기서 보다 분명한 관점을 제시한 문덕수의 말을 들어볼 필요가 있다.

> 이상옥 시인은 시인의 기능에 대한 종래의 개념을 뒤엎는다. 그만큼 과격하고 혁명적이다. "디카시의 화자는 사물과 자연의 입이고, 때로는 신의 대언자

---

16) 2007.10.26 창신대학 사회관세미나실.

로서 전달의 통로가 되는 셈"(동상, p.80)이라고 말한다. "디카시의 화자"라고 말하고 있으나, 그냥 디카 시인이라고 해도 괜찮다. 어쨌든 이상옥은 여기서 시인을 창조적 주체라기보다는, 이미 필자도 말한 바 있는 '에이전트'(agent)의 개념에 접근하고 있다고 하겠다.[17]

문덕수는 디카시에 대해 큰 관심을 표명해오고 있는데, 디카시의 중요한 특징의 하나로 부각하는 것이 '대언자'라는 관점에서 디카시에서는 '시인'에 대한 종래의 생각은 불가피하게 변화하지 않을 수 없다고 본다. 즉 신이나 절대자와 같은 제2의 창조자(maker)라는 개념, 시대의 입법자나 예언자라는 개념 등은, 단지 현대 문명 속의 언어적 행위자나 개인을 넘어선 복합적 환경 시스템의 대리인 즉 에이젠트(agent)로 바뀌었다고 보아야 한다는 것이다.[18] 그리고 문덕수는 디카시의 영상과 문자의 관계에 대해서도 다층적으로 해석한다.

이상옥 시인이 주창하는 디카시는 문자와 영상, 기록과 촬영, 의미와 영상이미지의 통합된 형태라고 볼 수 있습니다. 당연히 기록된 의미인 문자와 사물을 촬영한 영상이미지와의 관계가 상호 보완이냐, 각각 별개로 독립된 병존(倂存)이냐, 양자 통합이냐(2위 1체) 하는 논란을 일으키게 됩니다. 내가 보기에는 이 모든 요소의 종합구성이라고 생각합니다. 즉 "상호 보완하면서 병존하여 통합된 기호조직체"라고 할 수 있습니다.[19]

---

17) 문덕수, 〈이상옥론 시집 《환승역에서》(문학의전당, 2005.12)를 중심으로〉, 계간 《다층》 (2006년 봄)
18) 디카시 마니아 2호 출판기념회(2006.12.9) 문학강연 〈무사상시 이야기 ─ 이상옥의 '디카詩'를 중심으로〉
19) 문덕수, 〈디카시의 전위성〉, 《디카시 마니아》 2호 대담.

나는 디카시의 영상과 문자의 관계를 2위1체의 동체 개념으로 파악하고 있지만, 문덕수는 '상호 보완'과 각각 별개로 독립된 병존(倂存)이라는 두 가지 관점을 포괄하는 3가지 요소의 종합적 관점으로 파악한다.

한편 송용구는 〈생태주의 관점에서 바라본 '디카詩' 운동과 '대중문화'〉[20]에서 디카시의 시인을 완벽한 생태주의 시인 탄생으로 본다.

> 그는 '만물은 신이 써놓은 책'이라고 생각하기 때문에 자연의 책 속에 생생하게 적혀있는 생명의 법칙과 시적(詩的) 형상을 정신의 렌즈로 일순간에 포착하여 에덴동산의 아담처럼 만물의 시적 형상에 이름을 지어준다. 완벽한 '생태주의' 시인의 탄생이다.

송용구는 디카시의 시인이 문자를 에덴동산의 아담처럼 만물의 시적 형상에 이름을 지어주는 완벽한 생태주의 시인이라는 관점에서 시적 형상의 문자 재현에 대해서도 매혹적인 해석을 가한다.

> 시인은 '디지털 카메라'의 렌즈를 자신의 눈에 동화시킨다. 과학기술로부터 차용한 고감도의 전자감응력을 정신의 렌즈 속으로 흡수한 후에 만물이 입고 있는 시적 형상의 옷을 발견하거나 포착하여 '사진'이라는 미디어를 통해 살아있는 시의 형상을 재생한다. 문자(文子) 속에 갇혀 있던 시적 형상을 해방하고, 자연과 만물 속에 감추어져 있던 비밀스런 시의 얼굴을 노출시킨다. 이 때, 사진은

---

20) 《다층》(2007년 여름) '디카시기획특집'.

시가 살고 있는 집으로 변화하고, 문자는 그 집의 이름을 나타내는 예술적 문패 혹은 미학적 이름표로 승화된다. 이런 의미에서 이상옥 교수는 '디카시'를 '멀티언어예술'이라고 명명하고 있다. '디카시'는 단지 사진과 문자의 결합으로 인하여 생겨난 합성적 예술작품으로 오해받을 수도 있다. 그렇게만 바라본다면 '디카시'의 문화적 함의(含意)를 매우 제한하는 오류를 저지르게 된다. '디카시'가 생성되는 과정 속에서 다중적(多重的) 매체들의 연합과 협동이 일어나고 있음을 간과해서는 안 될 것이다. '디카시'는 기술문명의 힘, 미디어의 역할, 시인의 상상력, 문자의 언어기능이 조화롭게 융합하여 생겨난 '멀티언어예술'의 구현물이자 '다매체 시대의 테크노 언어예술'인 것이다.[21]

송용구는 디카시의 정체성을 꿰뚫고 있는 것처럼 보인다. 만물의 시적 형상에 이름을 지어주는 완벽한 생태주의 시인으로서, 디카시의 시인은 제2의 창조로서의 시인이 아니라 대언자로서의 시인이라는 점이 송용구의 논의에서도 잘 드러난다. 그리고 디지털 영상인 디카영상을 광의의 언어로 수렴하는 '멀티언어예술'의 구현물이자 '다매체 시대의 테크노 언어예술'이라는 점도 디카시가 전통적 의미의 언어예술이란 관점을 넘어서고 있음을 설득력 있게 제시한 것이다.

이상의 논의에서 드러나듯이, 디카시는 자연이나 사물에서 포착한 시적 형상, 즉 날시를 디지털카메라로 찍어 문자로 재현하여, 영상과 문자가 하나의 텍스트(2위1체)로 구축되는 것으로, '날시', '극순간성', '즉흥', '시적 충동', '에이전트', '생태주의 시인' 등의 용어가 환기하는 다양한 쟁점을 내포하고 있다.

---

21) 위의 글.

앞으로 디지털 영상 시대에 새로운 펜의 역할을 하는 디지털카메라를 도구로 활용한 디지털 시대 시쓰기의 새로운 전략의 소산으로서의 디카시가 더욱 다양한 논의를 거쳐 보다 진전된 디지털 시대의 새로운 시의 한 모형으로 자리잡을 수 있기를 기대한다.

(2009년 여름)

디카詩와 시조 율격

지금 우리 시대는 소통 방식의 대전환을 가져오면서 문학 장르간의 이합집산이 활발하게 이루어지고 있다. 이런 가운데 특히, 시는 영상과 접점을 찾는데 골몰하고 있다. 음성 언어가 주도하는 시대의 시와 문자 언어가 주도하던 시대의 시가 다르듯이, 디지털 영상 시대를 맞아 멀티미디어가 주도하는 시대의 시 역시 변화를 모색할 수밖에 없는 처지에 놓여 있다.

이런 관점에서 주목받고 있는 것이 디카시 운동이다. 이 운동은 필자가 2004년부터 인터넷에 디카시라는 용어로 연재를 시작하고, 그것을 2004년 9월 디카시집《고성 가도 固城 街道》를 출간하면서 공론화되었는데, 5년이 지난 지금은 하나의 장르개념으로 자리잡기 시작했다.

디카시는 자연이나 사물에서 포착한 시적 형상(날시)을 디카로 찍어 문자 재현하는 것이다. 디카시에서 가장 중요한 것은 날시의 문자 재현이다. 어떻게 시적 형상을 온전하게 옮겨 내느냐는 디카시의 성패를 가늠하는 것으로 보아도 좋다.

그런데, 놀라운 것은 문자 재현에 성공한 디카시 다수가 우연이라고 보기에는 힘들 만큼 시조율격을 띤다는 점이다. 강희근 교수는 〈포착, 관념 털어내기〉(계간 〈디층〉 2007년 여름호)에서 '디카시의 시조 율격'에 대해서 아래와 같이 지적한 바 있다.

그렇기 때문에 디카시는 단시형이 될 수밖에 없고, 그 단시형은 놀랍게도 시조의 양장형이나 평시조 수준의 틀을 보여줄 수밖에 없었던 것이 아닌가 한다.

이상옥의 디카시에 그런 경향이 짙다. 그리고 다른 시인들의 시 중에서 디카시에 충실한 시일수록 시조형, 내지 그 변격을 드러내고 있다는 것이 지적될 수 있다. 낚시의 직관적인 찍힘이 조선 시대 성행한 전통시의 율격에 연결된다는 점은 무엇을 시사하는 것일까. 시조가 서정이나 본질의 한 원형이라는 점을 드러내는 것은 아닐까. 앞으로 시조와 디카시의 관계를 구명해 보는 것이 디카시 진로의 한 과제가 아닐까 싶기도 하다.

강희근이 디카시집 《고성 가도》와 디카시 잡지에 발표된 디카시를 검토해본 후에 내린 결론이 디카시에 충실한 작품일수록 시조형 내지 그 변격을 드러내고 있다는 것이다. 그 중 하나로 예시된 것이 아래 시다.

큰 손의 터치. 시원하고 장쾌한 스크린
두 그리움이 만나 환한, 슬픈 얼굴,
건너편 수풀에 숨은 듯한 영문없는 얼굴은…
— 이상옥, 〈해후〉

이 디카시는 나 자신이 써 놓고도 시조형인지는 생각조차 하지 못한 것이다. 그런데 강 교수의 지적에 따라 다시 보니, 이 작품이 시조형에 거의 일치하고 있는 것을 발견하고 놀라움을 금치 못했다.

이 작품은 아마 남해고속도로 상에서 포착한 것 같은데, 직관적으로 시적 형상을 옮기는 과정에서 나 자신도 의식하지 못한 채 시조형으로 드러난 것이다. 이는 무엇을 말하는 것인가.

디카시는 시인의 상상력으로 창조한다는 것보다는 자연이나 사물의 상상력(혹은 신의 상상력)을 전달한다는 개념이 우세하다. 이런 관점에서 디카시에서 자연발생적으로 드러나는 시조율격은, 시조율격이야말로 인위적 율격을 넘어서 본래부터 존재하는 생래적 율격임을 입증하는 것이 아닌가 한다.

최근에 《경향신문》에 이상범 선생이 '이상범의 디카시'를 매주 1회 연재하면서 큰 반향을 일으키고 있고, 이우걸, 이정환, 홍성란, 권갑하, 강현덕 등도 디카시 전문 잡지에 디카시를 발표한 바 있다. 김춘랑 선생이 2009 경남 디카시 페스티벌 디카시전에서 시조의 종장 형식으로 디카시를 발표한 바도 있다. 그리고 〈나래시조〉에 권두 디카시를 게재하고 있기도 하다. 이런 움직임들도 어떤 계기에서든 간에 디카시와 시조의 친연성을 웅변해주는 것이 아닌가 한다.

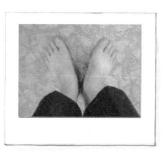

그래 육십년간 자네가 나를 날랐네
영혼이나 육체 그런 구분은 의미가 없네
묵묵히 한 생의 무게를
감당해온 신뢰밖엔,
　　— 이우걸, 〈발에게〉

이 작품은 2008 경남 고성 디카시 페스티벌에 디카시전에 참여한 작품(반년간 〈디카詩〉 통권 5호 게재)이다. 발에 대한 감사를 통해서 발의 의미를 천착하고 있다. '발에게' 말하는 형식을 취하고 있지만, 이건 발의 말을 간접화법으로 전하는 디카시 화법이라고 볼 수 있다. 디카시에서 시인은 사물의 말을 전달하는 에이전트이지만, 에이전트로서의 시인의 화법은 직접 화법만 있는 것이 아니라, 이와 같은 간접 화법도 얼마든지 가능하다. 여기서 주목하고자 하는 것은 디카시의 문자 재현이 시조형으로 드러날 때 강희근의 지적대로 두드러진 작품성을 드러낸다는 것이다. 이는 정제된 한 컷의 디카사진과 완결성을 지니는 압축된 시조양식의 하모니 효과일 것이다.

우리 동네 진광이 형
대학 졸업하고 어머니 식당일 도와주다
손님과 크게 한 판 시비 붙고 사나이 대장부 세상에
칼자국 한 번 긋고 가야 한다며
머리 싸매고 고시원으로 떠났었다
공무원 시험에서 좌판행상을 거쳐
애인 떠나보내는 검법마저 터득한 진광이 형
면접관이 그에게 칼을 휘둘렀을 때
못생긴 애인이 그의 등을 찍고 돌아섰을 때
그는 이미 온몸의 피를 다 흘려버렸다
세상을 칼질하여 배운 검법으로
등짝 후려치는 어머니의 슬리퍼도 잘 받아내는
진광이 형 좌판에 앉아 배어도 표나지 않는
상생의 무통 무혈 검법을 수련 중이다.
— 서안나 디카시, 〈검객〉

이 작품처럼 디카시의 문자 재현에 있어서 서술시형도 얼마든지 가능하다. 디카시의 지평을 더욱 넓히기 위해서도 디카시가 극순간 포착의 미학을 추구한다고 지나치게 문자 재현을 단형으로만 시도하는 것은 바람직하지 않다.

그럼에도 불구하고 디카시의 원론으로서 시적 형상의 극순간 포착의 '날시성'은 아무래도 시조형과 같은 정제된 형식을 요하는 것이 간과되어서는 안 된다.

아무튼 디카시는 시조양식에 많은 도움을 받아야 할 것으로 보이며, 이런 점에서도 디카시 운동에 시조시인들의 많은 동참을 바란다.

(2009년 여름)

디카詩의 출현과 확산, 그 의미

1

시는 언어예술이다. 그런데 언어라는 것이 문제다. 시적 언어라는 개념의 외연은 시대에 따라 끊임없이 팽창한다. 원로 시인 문덕수가 개정판《오늘의 시작법》(2004)에서 "시는 언어예술이면서도 언어를 넘어선다."라고 말한 것도 따지고 보면 이전과는 다른 시적 언어에 대한 인식에서 기인한 발언이다.

2008년 비평가와 작가들이 선정한 '현대시를 이끌어갈 젊은 시인 1위' (계간《서정시학》), 2009년 초 '가장 주목해야 할 젊은 시인' (계간《시인세계》) 에 선정된 신예 시인 김경주는 "시라는 건 하나의 문학 장르라기보단 어떤 '상태' 나 '이미지' 란 생각이 들어요. 그런 시적인 느낌들은 텍스트가 아니더라도 시극 무용 연극 마임 등으로 얼마든지 바뀔 수 있어요. 시가 새로운 공연의 모태가 될 수 있는 거죠."라고 말한 대목도 시가 좁은 의미의 언어예술에 갇힐 수 없다는 발언에 다름 아니다.

이런 관점에서 자연이나 사물에서 포착한 시적 형상(날시)을 디지털카메라로 찍어 문자로 재현하는 방식인 '디카詩' 의 출현도 새삼스러운 일이 아니다.

그동안 시는 언어예술로서 끊임없이 언어의 외연을 넓히고자 하던 와중에 근자에는 영상까지 외연을 확장하고 있는 것이다.

언제부턴가 인터넷을 중심으로 문자 + 영상 글쓰기가 일상화되기 시작했다. 특히 디카(폰카 포함)의 상용화로 디카로 찍은 영상과 함께 문자를 곁들이는 글쓰기는 많은 네티즌들에 의해 새로운 형식의 글쓰기로 자리 잡았다.

디카시의 출현은 이런 네티즌들의 새로운 글쓰기 형식에 기인하는 것이다. 예술적 글쓰기가 일상적 글쓰기를 업그레이드 시킨 것이라고 할 때, 디카시는 네티즌들의 새로운 글쓰기의 업그레이드라고 봐도 좋다.

나는 인터넷에서 이루어지는 디카영상과 문자가 결합된 새로운 글쓰기 형식을 보면서 이런 유의 글쓰기를 시의 영역으로 끌어올리고 싶은 마음이 들었다. 즉, 시가 문자에 갇혀 있는 것이 아니라 자연이나 사물에서도 때로는 시적 형상을 포착할 수 있다는 평소의 생각을 실현하고 싶었던 것이다. 해서 나는 2004년 4월부터 6월까지 약 2개월간 '디카시'라는 용어로 인터넷 서재(http://lso.kll.co.kr)에 영상과 문자가 결합된 새로운 개념의 시를 연재하며 반응을 살펴보았다. 의외로 나 자신도 즐겁고 네티즌들의 반응도 좋아, 내친 김에 동년 9월에 최초의 디카시집《고성 가도(固城 街道)》를 출간하기에 이르렀다.[1]

얇은 속옷 같은
어둠이 은은히 드리워진
-봄밤의 캠퍼스
늦은 강의동 몇몇 창들만 빤히 눈을 뜨고
— 이상옥, 〈봄밤〉

이 작품은 내가 2004년 4월 2일 인터넷 서재에 처음 선보인 것이다. 디카시로는 이 작품이 최초의 것이 된다. 이 작품은 그대로 최초의 디카시집《고성 가도》에 수록되었다.

---

1) 몇몇 자리에서 언급한 것처럼 디카詩 담론에서 본의 아니게 나 자신의 얘기를 하게 되는 곤혹스러움을 느낀다. 디카詩를 내가 주창하면서 디카詩 운동을 끌고 나가는 입장이다 보니, 특히 이 글과 같은 테마에서는 어쩔 수 없이 디카詩의 전개 과정을 말할 수밖에 없고 그러다 보면 본인 중심의 얘기로 진행될 수밖에 없음을 양지해 주기 바란다.

— 디카시집 《고성 가도》

이 작품은 내가 재직하고 있는 창신대학 봄밤의 캠퍼스 일부다. 연구실에서 바라보는 아름다운 형상, 그것은 한 편의 시(날시 raw poem)라는 생각을 했던 것 같다. 그래서 디카로 찍어서 문자로 옮긴다는 기분으로 소위 첫 디카시를 세상에 선보이게 되었던 것이다.

2

나는 디카시집 《고성 가도》를 출간하면서 '디카시'를 하나의 장르 개념으로 끌어올리기 위하여 디카시의 시론화 작업을 병행했다. 즉, 〈디카시, 언어 너머의 시…〉라는 소박하지만 최초의 디카시론을 디카시집 후기로 넣었다.

디카시는 처음에 네티즌들의 새로운 글쓰기 움직임을 파악하여 그것들을 하나의 예술적 글쓰기로 끌어올리기 위해서 '디카시'라는 장르 명칭으로 창작과 이론화 작업을 병행하면서, 내 개인 차원에서 시작된 실험적 성격이었지만, 정보화 시대의 위력에 힘입어 운동성을 띨 수 있게 되었다.

디카시집 출간과 함께 곧바로(2004.9.17) 다음에 '디카시 마니아'(http://cafe.daum.net/dicapoetry)라는 카페를 개설하고, 이 카페를 디카시 운동의 전초기지로 활용하였다. 이미 여러 지면을 통하여 디카시의 전개 과정을 대략적으로 기술한 바 있지만, 이 자리에서는 디카시의 확산 과정을 보다 구체적으로 밝혀 보도록 하겠다.

2004년 디카시집 출간과 인테넷 카페 개설로 디카시 운동의 토대를 마련하고서 2005년 8월 16일 경남문학관에서 디카시전을 개최하였다. 이 개인전을 기획한 의도 중 하나는 디카시가 다양한 층위에서 존재할 수 있다는 것을 보여주기 위함이었다.

> 첫째, 사이버 공간(인터넷, 휴대폰 등등)에서 존재한다.
> 둘째, 일반 문예지에 게재되거나 시집형태로 존재한다.
> 셋째, 가칭 디카시전 같은 전시회장에서처럼 표구되어 그림처럼 개인적 소
> 장이 가능한 예술품 형태로 존재한다.[2]

디카시는 네티즌들을 위한 새로운 글쓰기 형식에서 출발한 것으로 인터넷이나 휴대폰 같은 사이버 공간이 주 무대가 되지만 디카시의 보급과 대중성을 위해서는 존재 공간을 위와 같이 확장할 필요가 있는 것이다.

한편, 디카시의 확산을 위해서는 무엇보다 중요한 것은 유수 시인들의 참여가 필요한 것이었다. 아마추어 중심인 네티즌들의 자연발생적인 디카시 쓰기만으로는 디카시가 하나의 장르 개념으로 정착하기에는 한계를 지닐 수밖에 없었다. 그래서 인터넷 카페만으로는 부족하여 기성 시인이 참여할 수 있는 디카시 전문 무크지 《디카詩 마니아》를 2006년 6월 1일 창간하여 내가 발행인 겸 편집인을 맡았다.

---

2) 다음 까페 '디카시 마니아' (http://cafe.daum.net/dicapoetry)

—《디카詩 마니아》창간호

이 잡지는 편집인의 창간사 〈디지털 시대 새로운 시 장르 디카詩(dica-poem)의 실험과 모색〉과 창간기념 김열규 교수와 편집인 대담, 그리고 시론 교수가 쓴 디카시 — 강희근, 양왕용, 윤석산, 박명용, 신진, 이승하, 박주택, 김완하, 오정국, 시 전문지 편집인이 쓴 디카시-김규화, 정한용, 정일근, 변종태, 권갑하, 배한봉, 박강우, 화제의 시인이 쓴 디카시 — 유안진, 박노정, 홍성란, 최춘희, 유성식 등을 주요 콘텐츠로 하고 있다. 이와 같이 이 잡지가 유수한 시인들의 디카시를 수록할 수 있었던 것은, 디카시 운동의 큰 성과가 아닐 수 없다. 이런 작업은 《디카詩 마니아》 2호(2006.12)에도 이어졌다. 기획대담으로 문덕수 선생과 편집인이 〈디카詩의 전위성〉이라는 테마로 대담을 하고, 역시 유수 시인들의 디카시를 수록하였다.

2007년 5월 7일에는 디카시론집 《디카詩 말한다》를 출간하였다. 그동안 디카시론화한 작업을 묶어서 출간하게 된 것이다. 이 책이 출간되자마자 마침, 디카시론을 뒷받침해 줄 수 있는 이상범 선생의 시집 《꽃에게 바치다》(2007년 5월 15일)가 거의 동시에 출간되어 더욱 '디카시'가 세간의 관심을 끌 수 있게 된 것이다.

　　시서화에 능한 이상범의 시집《꽃에게 바치다》의 해설을 유성호 교수와 함께 맡았는데, 나는 이 시집을 디카시라는 관점에서 접근했던 것이다. 이 시집은 선생이 소형 디카로 꽃에 담긴 시적 형상을 포착하여 문자로 재현한 것이기에 디카시집이라고 봐도 손색이 없는 것이었다. 이후 이상범 선생은 시집《꽃에게 바치다》출간을 계기로 디카시에 대한 관심이 증폭되어 근자에는《경향신문》에 매주 이상범의 '디카시'를 연재하고 있다.

　　디카시가 언론의 관심을 받으면서 디카시의 창작뿐만 아니라 이론적 탐색도 점점 활기를 띠기 시작했다. 그동안 디카시 창작과 이론 정립을 위해서 나 혼자서 노력했으나, 몇몇 문예지나 학회의 관심도 디카시 확산에 큰 도움이 되었다. 내가 학회나 문예지 등에 디카시론을 개별적으로 발표해왔으나 본격 문예지인 계간《다층》이 2007년 여름호에서 처음으로 디카시를 기획특집 강희근 교수의〈포착, 관념 털어내기〉, 송용구 교수의〈생태주의 관점에서 바라본 '디카詩' 운동과 '대중문화'〉, 그리고 졸고〈디카로 찍는 詩; 디카詩에 대하여〉로 다루었다. 그리고 2007년 10월 26일에는 창신대학에서〈시와 소통 - 디카시를 중심으로〉(발제 박찬일, 토론 양문규)라는 테마로 세미나를 개최했다. 또한 월간《시문학》2007년 10월호에서〈디카詩를 찍다; 디카시의 정체성과 미학적 가능성〉이라는 테마로 김영탁 시인, 배한봉 시인, 그리고 내가 특집 정담을 가졌다.[3]

---

3) 최근에는 계간《신생》2009년 여름호에서 디카시를 쟁점 평론으로 다루는 등 여러 문예지가 디카시에 대한 관심을 표하고 있다.

또 한편 디카시 운동의 새로운 계기를 맞게 된 것은 도서출판 '디카시'라는 출판사 등록을 하고 2007년 12월 31일에 도서출판 디카시에서 기존의 무크지 《디카시 마니아》를 정기간행물 반년간 《디카詩》로 바꿔 출간했다. 그동안의 무크지를 탈피하고 디카시의 정기간행물 시대를 연 것이다. 현재, 무크지까지 포함하여 통권 5호를 발간하고 통권 6호를 편집 중에 있다.

2008년 9월 27일에는 제1회 경남고성 디카시페스티벌을 개최하였다. 이 페스티벌은 경남 고성을 디카시의 발상지로 하고 디카시전, 디카시 백일장, 디카시의 밤 등을 콘텐츠로 하여 디카시 확산에 크게 기여하였다. 이때 시도한 고교생 디카시 백일장은 디지털이 백일장의 문화까지 바꾼다고 해서 큰 관심을 불러일으켰다. 디카시 백일장은 종이와 펜 대신 휴대폰(디카 내장)만으로 시도하는 것이다. 휴대폰으로 디카시를 찍고 써서 바로 지정된 전자 메일로 전송하면 심사위원들이 컴퓨터를 통해 곧바로 심사하는 방식이다. 2009년 5월 30일 제2회 경남 고성 디카시페스티벌에서는 디카시 백일장을 중등부, 고등부, 대학일반부로 확대하여 실시하였다. 제2회 페스티벌에서는 심도 있는 디카시 세미나가 개최되어 관심을 끌기도 했다. 김종회 교수가 〈현대시의 새로운 장르, 디카시 그 미답의 지평과 정체성〉, 김완하 교수가 〈디카詩론의 현재와 미래로의 스펙트럼〉을 각각 발제하고, 김선태 교수, 김경복 교수가 토론했다.

—선유도에서 디카시를 낭송하는
문덕수 시인 〈7. 4(토)〉

디카시 확산과 관련하여 특기할 만한 것은 서울시가 주최하고 세종문화회관이 주관하는, 서울 시민과 함께하는 '詩가 살아있는 공간' 행사가 시의 섬 선유도에서 디카시를 콘텐츠로 7, 8월 매주 토요일마다 열린다는 사실이다. 이 행사는 성악가의 찬조출연과 함께 빔프로젝트로 디카시를 투사한 가운데 시인 2명과 독자 3명이 각각 자작 디카시를 낭송하고 해설하는 방식이다. 이 행사에는 그간 디카시 전문지에 디카시를 발표한 시인들 중 문덕수, 이상범, 오세영, 강희근, 송찬호 등 19명의 시인이 참여한다.

3

디카시가 출현하여 짧은 기간에 확산된 것[4]은 어떤 의미를 지니는지, 핵심 사안 두세 가지만 제시하고 이 글을 맺고자 한다.

디카시 운동을 주재하면서 나는 정보화 시대를 실감하고 있다. 변방의 일개 개인이 전개하는 새로운 시문학 운동이 짧은 시간 내에 큰 방향을 불러일으키게 된 것은 아날로그 소통 방식이었다면 상상하기 힘든 일이었다. 정보화 시대는 이슈가 되는 정보가 있다면 그것은 인터넷의 온라인을 타고 순식간에 전파되는

---

4) 디카시가 어떻게 출현하여 확산 과정을 거치게 되었는지를 대략 기술하였지만, 디카시가 인터넷을 통해서 어떻게 소통되는지에 대해서는 다루지 못했다. 이미 학생들이 쓴 디카시 관련 보고서가 인터넷 유료 전문자료실에 올려져 있는 것으로 보아, 디카시가 대학강단에서도 거론되는 것으로 보인다. 또한 국어교사 사이트에서는 국어수업에 디카시 쓰기를 활용하고 있기도 한다.

특징을 지닌다.

이 같은 정보화 시대에 새로운 담론으로 등장한 디카시는 시의 위기의 산물이었다. 시의 위기라는 말은 어느 시대나 있어온 바이지만, 특히 오늘날은 소통 방식과 관련되어져 있다. 디지털 영상 중심 시대에 문자언어 중심의 시가 당장 소통 문제에 봉착할 수밖에 없었던 것이다. 디지털 영상 시대에는 문자가 소통의 중심이던 때와는 다른 소통의 패러다임을 지니기에, 문자 중심 시대에 왕자랄 수 있는 시가 여전히 디지털 영상 시대에서도 전 시대의 영광을 누리기 힘든 것은 불문가지다. 이런 측면에서 디지털 영상 시대를 반영하는 새로운 소통 방식(영상 + 문자)의 디카시는 시의 소통 위기를 해소할 수 있다는 측면에서 먼저 의미를 지니는 것이다.

그러면서 디카시는 기존의 시인과 시라는 개념의 외연을 확장시켰다.

디카시의 시인은 포에트(poet)인 창작이나 창조자 즉 메이커(maker)라는 개념과는 사뭇 다른 존재로 나타난다. 디카시는 사물이나 자연에서 포착한 시적 형상, 즉 날시를 상정한다는 점에서, 시인의 상상력으로 창작한다는 기존의 개념을 넘어서 자연이나 사물의 상상력으로 구축된 시를 포착한다는 새로운 명제를 제기하기 때문이다. 이럴 때 시의 주체는 시인이라기보다는 자연이나 사물(혹은 신)이 된다. 그러면 시인은 에이전트다. 자연이나 사물이 스스로의 상상력(혹은 신의 상상력)으로 빚은 시(날시)를 시인은 디카로 찍고 문자 재현하여 독자들에게 전달해주는 대리인인 것이다.

디카시는 시라는 정체성을 지니면서도 기존의 시라는 개념에 묶여 있지는 않다. 문자 언어 중심에서 영상과 문자가 결합하는 멀티언어 중심으로 소통 방식이 바뀌면서 언어예술로서의 시라는 개념도 변화가 불가피해졌기 때문이다. 디카시의 언어는 디카영상까지 포괄하는 개념으로써 시가 언어예술이라는 명제를 넘어 시의 언어의 외연을 넓힌 것이다. 그동안 시의 언어를 확장하고자 하는 수많은 노력, 예컨대 형태시 등과 같은 실험적인 시도가 있어 왔지만 디카시의 디카영상 수용은 소통 방식의 멀티화에 따른 시대적 추이를 반영했다는 점에서 기존의 것과는 다른 매우 자연스러운 현상이다.

(2009년 가을)

'디카詩', 신의 은총에 기대는…

나는 다시금 성 아우구스티누스의 《고백록》을 읽고자 한다. 이 《고백록》은 4세기 말에 씌어져서 거의 1천5백여 년의 세월이 흐르는 동안 세계 사상사에 커다란 영향을 주었다고 알려져 있다. 교부 아우구스티누스는 인간은 원죄를 짓고 사는 존재로서 인간에게서는 악에의 자유는 있으나 선에의 자유는 없다고 한다. 따라서 선에의 의지가 있다면 그것은 신의 은총이랄 수밖에 없다는 것이다. 인간의 무력함이라니!

　어쩌면 디카시는 신의 은총에 기대는 작업인지도 모른다. 자연이나 사물에서 시적 형상을 포착한다는 것은 인간의 의지보다는 신의 의지를 존중한다는 고백에 다름 아니다. 인간의 위대한 상상력을 운위하기보다 신의 그것을 우러러 흠모하여 포착하고 영상과 문자로 옮겨오는 작업, 디카시…

　최근 디카시가 대중화하는데, 큰 획을 그은 느낌이다. 지난 5월에는 경남 고성 디카시 페스티벌이 제2회째 개최되었고, 6월 14일 동리목월문학관에서 찾아가는 문학관 행사(경남문학관 주관) '시여 춤을 추어라' 의 일환으로 디카시 백일장이 열렸다. 시의 섬 '선유도' 에서는 7, 8월 매주 토요일 디카시를 콘텐츠로 '시가 흐는 서울' 행사를 가졌다. 또한 8월 '2009 제11회 전국계간문예지제주축제' 에 초청 문예지로 디카시가 참여했다.

　2004년 4월부터 소박하게 개인의 실험으로 시작된 '디카시' 가 이제는 어느덧 우리 시대의 새로운 시 담론을 생산해낼 수 있는 문화코드로 확고히 자리잡아가고 있는 것이다. 그런데 아우구스티누스의 〈고백록〉을 앞에 두고 나는 무력함을 느낀다. 지난 5년간 의욕적으로 전개한 디카시 운동이 선한 의지라면 그것은 전적으로 신의 은총이다.

(2009년 가을)

시와 영상
- 가장 진화된 형식, 디카詩

원래 시와 영상은 예전부터 밀접한 관계를 보였는데, 디지털 영상 시대가 되면서 시는 적극적으로 영상을 수용하는 양상이다. 이 자리에서는 문자시와 디카시로 나눠, 사진영상과 관련하여 가장 진화된 시의 형식인 디카시를 주목해 살펴보려 한다.

1. 문자시와 영상

시를 다양하게 정의할 수 있지만, 흔히 시는 언어로 그린 그림, 이미지라고도 말한다. '시는 이미지다'는 말이 바로 그것이다. 이런 관점에서 시는 마음이라는 인화지에 영상을 인화는 것에 다름 아닐 것이다.

시는 영상이라는 제국이 구축되기 전부터 영상을 내포로 거느리고 있었다.

강나루 건너서
밀밭 길을
구름에 달 가듯이
가는 나그네

길은 외줄기
남도 삼백리

술 익은 마을마다
타는 저녁놀

구름에 달 가듯이

가는 나그네

　　— 박목월, 〈나그네〉

그 대표적인 예가 〈나그네〉 같은 경우일 것이다. 이 시를 읽으면 마음에 그대로 찍히는 영상을 느낀다. 모든 시가 〈나그네〉 같지는 않지만 문자시가 환기하는 영상의 의미는 결코 과소평가할 수 없다.

그런데 영상세대가 출현하면서, 시가 영상을 내포로 수용하는 것만으로는 뭔가 부족함을 느낀 탓인지 보다 적극적으로 문자 외의 것들을 시에 도입[1]하기 시작했는데, 가장 보편화되고 있는 것은 사진영상의 도입이다.

삶이란 자신을 망치는 것과 싸우는 일이다

망가지지 않기 위해 일을 한다

지상에서 남은 나날을 사랑하기 위해

외로움이 지나쳐

괴로움이 되는 모든 것

마음을 폐가로 만드는 모든 것과 싸운다

---

1) 영상 세대 이전에도 일찍이 시의 문자를 형태화하거나 아니면 문자 외에 다른 형상을 시에 도입한 구체시 운동 같은 것이 있었다. 우리나라에서도 이미 30년대 이상의 실험시를 필두로 80년대는 독일의 구체시 운동에 뿌리를 둔 황지우의 형태시 등을 들 수 있다.

슬픔이 지나쳐 독이 되는 모든 것

가슴을 까맣게 태우는 모든 것

실패와 실패 끝의 치욕과

습자지만큼 나약한 마음과

저승냄새 가득한 우울과 쓸쓸함

줄 위를 걷는 듯한 불안과

지겨운 고통은 어서 꺼지라구

　　― 신현림, 〈나의 싸움〉

　이 시는 신현림의 시집 《세기말 블루스》(창작과비평, 1996)에 수록되어 있는 것이다. 이 시는 문자로만 되어 있지 않고, 오른쪽에 '포트레이트, 1996' 이란 메모와 함께 시인 자신의 모습을 연상시키는 나체사진(아래 사진)이 곁들여져 있다. 이때의 사진은 '나의 싸움' 이라는 시적 테마를 매우 효과적으로 드러낸다.

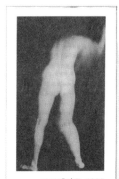

― 포트레이트, 1996

　이런 경우 사진영상은 문자를 보완해주는 역할을 하는 것이다. 그렇다면 이 시의 문자와 사진의 결합은 기존의 구체시 혹은 형태시와 같은 맥락으로 볼 수 있다.

바닷가 고요한 백사장 위에
발자국 흔적 하나 남아 있었네
파도가 밀려와 그걸 지우네
발자국 흔적 어디로 갔나?
바다가 아늑히 품어주었네
— 김명수 포토포엠, 〈발자국〉[2]

이 시는 소위 말하는 포토포엠이다. 포토포엠의 시와 영상의 결합은, 문자시가 문자를 시각화하거나 나아가 문자 외의 다른 매체를 활용하는 형태시와는 또다른 국면이다. 포토포엠은 기존의 시에 그 이미지와 비슷한 사진을 결합하는 방식으로 시를 감상하는데, 큰 도움을 준다. 이는 기존 시와 그림의 결합 방식인 시화와 같은 맥락으로 볼 수 있다.

최근 들어 포토포엠이 성행하는데, 이는 디지털 영상 시대를 맞아 멀티감각에 익숙한 독자들을 문자만으로는 사로잡을 수 없기 때문에 사진 영상을 곁들여 시를 독자와 효과적으로 소통시키려는 시도다. 그런데 이 포토포엠은 시와 사진의 영구결합보다는 일시적인 성격이 짙다. 포토포엠의 시와 사진은 각각 독립성을 지닌다. 시는 시대로 사진은 사진대로 각각의 작품으로 존재하는 것이다.[3]

---

2) 출처 http://www.windshoes.new21.org/photopoem-kinmmyungsu01.htm.
3) 이에 대해서는 《디층》 2007년 여름호 기획특집에 필자가 쓴 〈디카로 찍는 詩; 디카詩에 대하여〉에서 구체적으로 지적한 바 있다.

2. 디카시와 영상

디지털 미디어 시대를 맞아 시는 더욱 기존의 언어예술이라는 좁은 카테고리를 넘어서고자 하는 상상력을 보인다.

소위 탈언어적 상상력이 그것이다. 탈언어적 상상력은 디지털 환경과 만나면서 사진, 그림, 만화, 플래시, 동영상 등이 결합된 상호텍스트적 양상으로 더욱 심화된바, 90년대 초반 대중문화 또는 하위문화의 시적 수용이 단순한 제재로서의 수용에 머물렀던 것과는 달리, 디지털 미디어를 매개로 한 현대시의 상호텍스트성은 디지털 환경 그 자체를 시 쓰기의 도구로 활용하는 적극적인 교섭을 보인다. 이런 관점에서 하상일은 디지털 카메라를 시 쓰기에 활용한 디카시나 사진과 시의 결합인 포토포엠[4]을 대표적 양상이라고 봤다.[5]

디카시는 기존의 형태시적 영상 도입이나 포토포엠의 영상결합 방식과는 다른, 디지털 환경에 따라 새로운 장르로 드러난 보다 진화된 양식이다.[6]

---

4) 여기서 말하는 포토포엠은 김영도가 한국문학이론과 비평학회 2007 전국학술대회 (4.27 부경대학교 환경연구동 대회의실)에서 발표한 논문 〈사진과 시의 새로운 장르 탐색 : 포토포엠(PhotoPoem)에서 운문적 찰나의 영상미학을 소유한 사진과 언어의 경제학인 시가 각자의 매체 특성을 유지하면서 상생적으로 융합된 장르 개념으로 제시한 것인바, 이는 디카시와 유사한 개념이다. 이날 세미나에 필자는 토론자로 참여하여 포토포엠이라는 이름이 다른 개념으로 사용되어져 왔고, 또한 디카시라는 이름으로 작업이 이루어져 왔기에 디카시라는 이름으로 통일하자는 제안을 한 바 있다. 최근 2009년 경남디카시 페스티벌에서는 장영도 교수를 만나 디카시라는 이름으로 명명하자고 의견을 모은 바도 있다.
5) 하상일, 〈현대시의 디지털화와 소양양식의 변화〉, 남송우 외, 《문학과 문화, 디지털을 만나다》(산지니, 2008), p.135.
6) 신현림의 시나 포토포엠은 영상을 곁들이고 있지만 아직 문자시라는 카테고리에 머물러 있다고 볼 수 있다. 신현림의 시는 형태시의 연장선상에 있고, 포토포엠은 그 자체가 하나의 독립된 장르라기보다 시와 일시적 결합물로 볼 수 있기 때문이다.

어디론가 비행하는 참새떼
저기 뭔지 아니?
작게 속삭인다.
뭔지도 모르는 채
갈길을 날아간다.
— 장동명, 〈높지 않지만 높다〉

이 작품은 지난 5월 30일 제2회 경남 고성 디카시 페스티벌 디카시 백일장 고등부 최우수작으로 수상자인 장동범은 경남항공고 2학년이다.

이 작품은 경남 고성의 고분을 찍은 것이다. 시를 먼저 써놓고 시에 어울리는 사진을 첨부하는 포토포엠의 방식과는 달리, 고분풍경 자체에서 시적 형상을 포착하여 문자로 옮긴다는 느낌으로 창작한 것이다.

이 작품은 참새의 시선과 시인의 시선이 오버랩되면서 고분의 본질적 의미가 드러나는 수작이다. 겉으로 보는 고분은 그냥 스쳐 지나가면 야트막한 언덕에 불과하다. 그러나 실상은 천년을 훌쩍 넘긴 시간의 엄청난 층위를 지니고 있는 것이다. 이런 점에서 참새를 화자로 "저기 뭔지 아니?"라는 물음을 제시하고, 그 물음의 답이 '높지 않지만 높다'라는 제목으로 드러나는 시적 코드는 디카시의 정수를 보이는 것이다.

디카시 운동은 2004년부터 시적 실험으로 미미하게 시작되었지만, 지금은 격세지감이 들 만큼 진척되었다. 디카시는 언어 너머 혹은 언어 이전의 시적 형상을 전제로 한다. 이를 날시라고 명명한다. 이 날시라는 개념은 기존의 전통적 개념의 시적 대상, 혹은 소재를 넘어서는 것이다. 전통적 개념의 시가 소재를 예술적으로 변용시켜서 하나의 예술품을 창조해내는 것이라면, 디카시는 언어 너머의 시를 포착하는 것이다. 즉, 디카시는 자연이나 사물(모든 피사체)에서 포착한 시적 형상인 날시(raw poem)를 디지털카메라로 찍어 문자로 재현한 시다.[7] 디카시를 두고 디지털 카메라로 찍은 풍경이나 일상을 보고 떠오른 이미지를 시로 담아낸 것이라고 이해하기도 하는데, 이는 자칫하면 오해를 불러 일으킬 수도 있다. 다시 말해 디카시를 사진 이미지를 소재로 쓴 시라고 잘못 해석할 수가 있는 것이다. 원래 디카시는 자연이나 사물에서 포착한 시적 형상(날시)을 문자로 그대로 옮겨온다는 것이기 때문에 시인의 상상력이 개입할 틈이 거의 없다. 그럼에도 불구하고, 문자 재현하는 과정에서 표현방식은 시인의 개성에 따라 얼마든지 주관적으로 변용될 수가 있다.[8]

뒷산 마루터기 소나무 숲에서였을까
엉클어지고 심란한 내 얼굴 앞에
저렇게 크고 예쁜 가슴 꺼내어
젖꼭지 물리려했던 그때 그 누나는
— 김영남, 〈저녁무렵〉

디카시론이 아무리 정교하다고 해도 실제 작품으로 드러나지 않는다면 공허한 탁상공론에 그칠 수밖에 없을 것이다. 디카시론과는 상관없이 위의 작품은 디

---

7) 보다 자세한 디카시에 대한 개념은 졸저 《디카詩를 말한다》 등 참조바람.
8) 디카시의 개념에 대한 오해에 대해서 몇 차례 지적한 적이 있으며, 또한 디카시에서 문자 재현의 다양성에 대해서도 이미 지적한 바 있다.

카시의 가능성을 보인다. 앞의 고교생의 작품도 마찬가지다. 고교생인 장동명이나 시인 김영남이나 모두 디카시론에 정통한 이가 아니다. 디카시는 디카시론에 정통하지 못하더라도 우수한 작품을 생산할 수 있을 만큼 매우 친근한 장르다.

〈저녁 무렵〉은 산에 걸린 석양이 환기하는 이미지를 문자로 재현한 것이다. 이 작품은 영상과 문자가 하나의 텍스트가 되면서, 영상은 영상대로, 문자는 문자대로 살아나는 상생의 구조원리를 보인다. 자연에서 포착한 시적 형상(날시)을 이렇듯 아름다운 은유로 옮겨올 수 있는 것은, 사진작가가 감히 넘볼 수 없는 시인만의 특권이 아닐까.

자칫, 디카시에서 시적 형상을 옮긴다는 문자 재현을 기계적으로 인식할 소지가 없지 않는데, 김영남의 〈저녁무렵〉은 자연이나 사물에서 포착한 시적 메시지를 은유적으로 얼마든지 자유롭게 언술할 수 있다는 것을 입증하는 것이다.

아무튼 소박한 시론에서 출발한 디카시론은 이제 많이 체계화되었다. 나는 2007년에 디카시론집 《디카시를 말한다》를 펴냈고, 현재는 가칭 '앙코르 디카시'라는 제목으로 제2의 디카시론집을 구상하고 있다. 그리고 문덕수, 김열규, 강희근, 김종회, 박찬일, 김완하, 송용구, 배한봉 등이 디카시 이론 개진에 동참하기도 했다.

그리고 디카시 전문 잡지가 통권 6호까지 발간되어 유수의 시인 100명 이상이 신작 디카시를 선보였다. 또한 지난해부터 경남 고성군의 지원을 받아 디카시 페스티벌이 정례적인 지역문학운동으로 열린다. 올해는 디카시를 콘텐츠로 하는 시가 흐르는 서울 행사가 선유도에서 7, 8월 매주 토요일 열리기도 했다.

디카시 운동 초창기에는 내 개인이 디카시를 쓰고 그 작품을 대상으로 디카시론을 탐험했지만, 이제는 앞에서 지적한 대로 많은 유수한 시인들의 디카시 작품을 보유하게 되었다. 그래서 이런 작품들을 대상으로 보다 많은 이론가들이 참여하여 더욱 체계화된 디카시론을 탐구할 수 있게 됐다. 이런 일들을 뒷받침하기 위해서 한국평론가협회와도 협력할 예정이다. 또한 보다 많은 시인들이 신작 디카시를 발표할 수 있는 지면 확보를 위해 디카시 전문 잡지를 지속적으로 간행할 수 있는 토대를 마련하기 위해 노력하고 있다.

디지털 영상 시대를 맞아 시와 영상은 더욱 긴밀한 대화를 요청받고 있다. 그런 과정에서 현대시는 좁은 의미의 언어예술이라는 카테고리를 넘어서는 진척을 보여 왔다. 이런 점에서 사진영상과 관련하여서는 가장 진화된 형식인 디카시가, 앞으로 디지털 영상 시대의 한국시의 브랜드로 개발되어 세계시단에서도 우뚝 설 수 있는 날이 오기를 기대해 본다.

(2009년 늦가을)

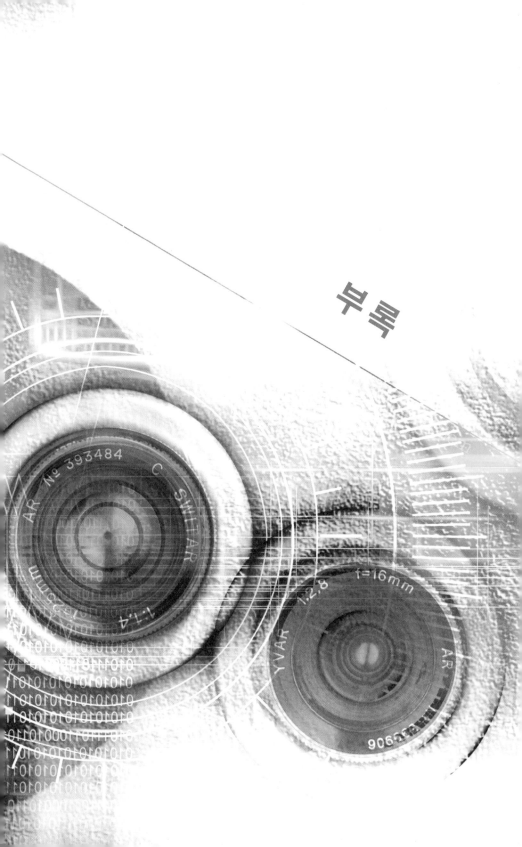

부록

월간《시문학》2007년 10월호 디카詩 특집
'지상대담' 디카詩를 찍다; 디카시의 정체성과
미학적 가능성
참가자: 김영탁 (《시안》편집장)
　　　　배한봉 (《시안시각》편집주간)
　　　　이상옥 (창신대학 문예창작과 교수)

이상옥: 오늘 우리 세 사람이 지상대담을 갖게 되어서 뜻 깊게 생각합니다. 제가 디카詩를 주창하면서 지난 2006년 6월 무크《디카詩 마니아》를 창간하고 동년 12월에 무크《디카詩 마니아》2호를 간행한 바 있는데, 2호부터 두 분께서는 편집위원으로 참여해 주시고, 또한 디카詩 작품도 게재해주셨습니다. 이런 인연으로 우리 세 사람이 디카시 대담을 하게 되었으니, 저로서는 매우 기쁘고 보람차다 하겠습니다. 기왕 제가 먼저 운을 떼었으니, 사회자 역할을 하면서 대담을 진행해보도록 하겠습니다.

오늘 디카시 특집 지상대담을 갖게 된 소회부터 먼저 들려주시죠.

김영탁: 디카詩가 문단뿐만 아니라 다양한 분야에서도 단기간에 주목받을 줄은 몰랐습니다. 그러니까 시단 밖에서도 디지털카메라(이하 '디카')와 블로그, UCC, 핸드폰 등 인터넷 매체를 통하여 다층적 의미로 확산되었다는 건, 디카시가 대중들에게 밀도 있는 공간을 확보했다는 뜻이라고 생각합니다. 디카시를 창업한(?) 이상옥 교수님에게 축하드리며 미지의 디카시 마니아들에게도 축복이 있기를 바랍니다.

배한봉: 먼저 만나서 반갑습니다.《디카詩 마니아》가 두 번 간행되고, 또 최근 이상옥 선생의 저서《디카詩를 말한다》가 발간되는 등 생소했던 디카시론이 많이 정립된 것으로 알고 있습니다. 이러한 때에 디카시와 관련된 지상대담을 갖게 돼 기쁘고, 한편으로는 편집위원으로 참여하면서도 제 역할을 다하지 못해 부끄러운 마음이 듭니다. 디카詩 이론 정립과 확장을 위해 여러 모로 힘써 오신 이상옥 선생의 노고에 박수를 보냅니다.

이상옥: 제가 지난 5월 디카시론집《디카詩를 말한다》를 출간하자 경향신문, 세계일보, 동아일보 등지의 중앙일간지가 잇따라 큰 관심을 보여준 바 있는데, 이런 매스컴의 반응을 보면서 디카시가 이제 하나의 새로운 장르로 구축되었다고 보고 포탈사이트 파란의 용어사전에 디카시를 등재하기에 이르렀습니다. 파란의 용어사전에는 "'문학과 디지털의 접속'이 활발한 가운데 나온 용어로 디지털 카메라로 찍은 사진에서 떠오른 이미지를 시로 쓴 것을 말한다."라고 디카시를 정의하고 있습니다. 이같은 디카시에 대한 정의는 동아일보 기사를 참조하여 등재한 것으로 보입니다. 아래는《동아일보》 2007년 6월 1일자 기사입니다.

이런 변화에 발맞춰 '디카시'라는 새로운 용어도 나왔다. 시조 시인 이상범 씨는 최근 디카시집《꽃에게 바치다》(토방)를 출간했고, 평론가 이상옥 씨도 디카시의 개념을 소개한《디카시를 말한다》를 펴냈다. 이상옥 씨에 따르면 디카시란 디지털 카메라로 찍은 사진에서 떠오른 이미지를 시로 쓴 것. 대개 하늘, 별, 사람 등 실제 풍경에서 시의 소재를 구하는 일반적인 방식과 달리 사진에서 모티브를 얻는다는 것이다.

그런데, 이 파란용어사전의 디카시 용어 정의로는 디카시의 본질을 제대로 이해하기 힘들 뿐 아니라 오독할 우려도 있습니다. 디카시는 사진에서 떠오른 이미지로 쓰는 시 이상의 의미가 있는 것이지요. 디카시는 자연이나 사물에서 포착한 시적 형상을 디지털카메라로 찍어서 언어로 재현하는 것인바, 이에 대한 제대로의 인식을 갖기 위해서는 보다 깊은 시론적 성찰을 전제로 해야 합니다.

세 분께서는 디카시를 어떻게 이해하고 계시는지요. 디카시에 대해서 관심 있는 분들을 위해서 용어 정의부터 제대로 해두는 것이 좋을 듯합니다.

김영탁: 디카의 대중적 보급은 이미 일상적인 생활 아이콘으로서 확실하게 자리매김을 했습니다. 누구나 언제 어디서나 피사체를 카메라에 담을 수도 있고 담겨질 수도 있습니다. 유비쿼터스 시대라는 거죠. 그야말로 언제 어디에서나 존재하는 실물 그 자체라는 뜻입니다. 이러한 디카현상은 인터넷문화와 함께 삽시간에 폭발적으로 이루어지면서 자연스럽게 사진에 붙여지는 캡션이 있듯이 짧은 글쓰기의 토양이 자라나고 있었습니다. 이제는 남녀노소 누구나 인터넷을 통하여 예술적 경지의 텍스트가 아니더라도, 시간적으로 이미 상당한 글쓰기 훈련이 축적되었습니다. 그러니까 시인이나 작가의 전유물처럼 여겨진 텍스트는 경계를 넘어 독자들과 공유되고 있다는 얘기입니다.

그러나 디카시의 원류에 대한 개별적인 생각은 고대의 동굴에 그려진 벽화부터 시작되었다고 생각합니다. 동서양의 동굴에서 발견된 벽화와 기호들은 디카에서 말하는 피사체(염원하는 대상)를 벽에 각인함으로써 그것들을 획득하고 대상과 합일되는 주술적 행위입니다. 고대의 벽화들에서 발견되는 공통점은 '사냥'입니다. '사냥의 대상물'은 인간생존의 양식이며 신에게 바쳐지는 제물로써 중요한 피사체입니다. 벽화의 완성은 고대인들이 포획한 사냥물을 신의 제전에 바침으로써 '사냥꾼 + 피사체 + 신' 이라는 삼각구도를 이루는 향연이 됩니다. 즉, 이러한 제의는 축제로서 엑스터시를 가져옵니다. 오늘날에 와서 우리는 이것을 예술의 기원으로 명명합니다. 이런 각도에서 볼 때 현대의 블로거는 개별적으로 샤머니즘적인 제단이나 다름없다고 생각합니다. 그렇다면 당연히 디카는 사냥의 도구라고 불러야 마땅합니다. "詩를 사냥한다"는 말이 있습니다. 시인이 시를 쓰는 과정에서 대상에 대한 순간적 포착과 발현은 디카로 피사체를 담는 행위나 다름없다고 봅니다. 이 단순한 '순간의 포착이나 발견' 이 시적 발현으로서 작동할 때 시작(시를 쓰는)이라고 볼 수 있습니다. 이후에 그림 속에 시가 있고 시 속에 그림이 있다는 동양의 詩畵一致論이나, 사진예술의 전설적인 앙리 카르티에 브레송이 찍은 사진들은 한편의 시라고 볼 수 있습니다. 마찬가지로 좋은 영화도 한편의 시가 될 수 있습니다.

전통적으로 문자화된 시에서 바라보면, 디카시는 분명 낯설고 배타적인 존재일 수 있습니다. 그러나 이미 문자와 사진(그림)이 뭉뚱그려진 자체가 하나의 몸입니다. 텍스트죠. 이미 서구의 아방가르드나 한국 시단(이상, 황지우, 박남철, 신현림 등)에서도 실험적으로 시와 사진(그림)이 한 몸이 되어 출현했습니다. 시절의 인연이랄까, 디카시는 디카의 춘추전국 시대와 더불어 융성하게 꽃피울 거라 생각합니다. 이제 디카시는 다양한 매체를 통하여 시가 더욱더 확장될 수 있는 적극적인 기반을 마련했다고 봅니다. 계속해서 디카시(디카 + 시)는 디카시라고 부르는 게 좋을 듯합니다.

배한봉: 솔직히 저도 이 부분에 대해서는 문외한이라 단정적으로 용어에 대

한 정의를 내릴 수는 없지만, 디지털 카메라로 시를 찍는다는 개념으로 디카시를 이해하고 있습니다. 이 개념은, 시는 문자로 이루어져 있다는 기존의 개념에서 벗어나 있어서 일견 난해할 수도 있습니다. 저 역시 디지털 카메라로 어떻게 시를 찍는가 하는 의문을 가졌었습니다. 그래서 저는, 디카시는 디지털 카메라에 의한 극순간의 포착이 전달해 주는 극순간의 감동을 추구하는 장르로 나름대로 정리했던 것입니다. 달리 말하면 표현체(기표, signifiant)와 표현대상(기의, signifie)의 극순간적인 합일을 추구하는 새로운 형식의 시가 디카시라고 보는 것이지요.

이상옥: 두 분의 말씀으로 디카시의 개념이 좀더 선명해지는 듯합니다. 특히 김영탁 시인께서 디카시의 기원을 '동굴벽화와 기호들'에게서 찾는 것은 정말 탁견이하는 생각이 듭니다. 배한봉 시인께서 '표현체(기표, signifiant)와 표현대상(기의, signifi)의 극순간적인 합일'도 시사하는 바가 큽니다.

그런데 디카시에서 핵심적인 사안 중의 하나는 역시 디카영상과 문자와의 관계일 것입니다. 사진이면 사진이고 문자면 문자이지 왜 문자와 사진을 병치하여 하나의 텍스트로 설정하는가에 대한 의아심이 있을 수 있지요. 저는 사진과 문자의 관계를 사람의 정신과 육체의 관계로 비유하면서 설명하기도 했습니다만, 아무튼 이 둘이 하나의 텍스트로 인식되는 것은 디카시의 가장 핵심적인 사안입니다. 디지털 시대를 맞아 문자를 매재로 하는 것을 넘어 문자와 영상과 음향, 즉 멀티언어로 소통 방식이 진화하는 점을 염두에 두면, 디카시의 영상과 문자가 하나의 텍스트로 인식되는 것은 의외로 자연스러운 일로 받아들여질 소지도 있지요. 디카시의 사진영상과 문자와의 관계에 대해서 어떤 견해를 가지고 계시는지요.

김영탁: 앞에서도 얘기를 하였지만 한편의 사진이나 영화는 한편의 시로 승화될 수 있습니다. 그러니까 사진이나 영상물의 장점이라면 입체적으로 한눈에 들어오는 거죠. 이미 '보고, 봤다'는 건 이해하고 공감했다는 것입니다. 그만큼 스토리의 완성도가 뛰어나다는 거죠, 한편 이해하기 쉽다는 장점이 있지만, 가볍다는 혐의가 있습니다. '가벼움'이 지적 가치나 심오한 철학의 부재를 의심할 수 있으나 시를 쓰는 행위가 어쩌면 '무거움에서 가벼워진'다는 효용성(?)도 있지 않을까요? 물론 가벼워질 수 있다면 그전에 충분히 고민하는 무거움이 필요하리라 생각합니다.

디카시를 압축하여 한마디로 요약하면 '무거움과 가벼움의 조화'라고 봅니다. 사진과 시의 상보적인 조화가 중요하다고 생각합니다. 찍고 쓰는 행위가 하나로 묶이는 과정에서 행위자는 시를 쓰듯이 자유로운 상태(자유롭지 못하는 자유도 있고)에 있지만 사진 때문에 입체적으로 제약을 받고 있습니다. 사진이 주는 영상은 확연하게 드러나지만 이미지는 눈앞에서 잡히지 않는 물렁물렁한 상태입니다. 그러므로 이 가벼움이 무거운 것입니다. 결국 사진과 더불어 시쓰기가 있습니다. 어쩌면 디카시는 사진이라는 화두와 그에 답하는 과정의 시쓰기가 아닐까하는 생각이 듭니다. 또 다르게 역발상적인 방법도 있겠지요. 아무튼 디카시가 주는 환기성은 '서사성'의 회복이라 할 수 있습니다. 요즘 시단에 발표되는 여러 시 가운데 말도 안 되는 시도 있습니다. 그것이 큰 트랜드인 줄 알고 한때 야단법석을 떨었는데 전혀 새로운 것도 아니었습니다. 문제는 '시의 완성도'입니다. 어떠한 시라도 그림으로 그려볼 수 있고 다양하게 읽혀져야 된다고 봅니다. 시라는 것이 이해되지 않는 부분이 이해되어야만 된다는 것도 이해할 수밖에 없다면 그것은 시적 완성도가 어느 정도 이루어질 때 허용되는 시인의 고유한 여백이라고 생각합니다.

그러기 때문에 디카시의 '서사성'은 자연스럽게 '서정성'까지 불러옵니다. 이런 의미에서 디카시의 확산은 현대시의 반성과 고민을 통하여 시의 진정성에 대한 회복을 안겨줄 수 있지 않을까 생각해 봅니다.

배한봉: 이상옥 선생의 말씀대로 디카시의 가장 큰 특성은 사진과 시를 동시에 보여준다는 데 있다고 봅니다. 따라서 디카시는 디지털 시대라 일컫는 오늘날에 있어서 일반 대중과 친연성을 획득하기에 유리한 조건을 갖추고 있는 셈이지요. 또 누구나 쉽게 창작자가 될 수 있고, 전파의 속도도 빠를 것입니다. 그러나 디카시의 장점이라 할 대중성이 약점으로 작용할 수도 있다는 우려가 개인적으로 들기도 합니다. 사진에 대한 정제되지 않은 감상이나 단순한 느낌을 시라는 이름으로 포장할 수도 있으니까요. 그리고 디카시의 특징은 여러 포털사이트에 올라 있는 사진과 시의 결합에서 일부 찾을 수 있지만, 이것은 단순히 시에 어울리는 사진, 또는 사진과 어울리는 시를 배치했다는 혐의를 상당부분 가지고 있기 때문에 디카시라고 정의하기에는 무리가 있다고 봅니다. 해서 디카시가 가진 장점을 극대화할 수 있고, 또 그간의 시와 대별되면서 디카시만의 독특함을 드러낸 전범적인 작품이 이론에 앞서 신뢰할만한 창작자에 의해 다수 나와야 할 것입니다. 이상옥 선생의 디카시집 《고성가도》 등도 있고, 저는 아직 읽지 못했습니다만 얼마 전에 출간된 이상범 선생의 《꽃에게 바치다》와 같은 디카시집도 있지요. 이런 창작물이야말로 디카시의 사진영상과 문자와의 관계를 명확하게 보여주는 좋은 예인 것이지요. 이러한 창작물에 대한 정밀한 분석을 통해 이론이 전개되었을 때 독자들은 더욱 쉽게 디카시를 이해하고 접근하게 되리라 봅니다.

이상옥: 오늘의 의사 소통 회로가 진화하면서 시도 변환기를 맞는 것만은 사실입니다. 디카시가 영상에 익숙한 세대들에게 시를 영상을 통해서 만날 수 있게 하는 장치를 마련하고 있다는 것은 큰 매혹이라 할 것입니다. 디카시는 무엇보다 영상시대의 코드에 맞는 새로운 시의 양식이라는데 의의가 있는 것이지요.

시라는 개념도 고정불변의 것이 아니라 시대에 따라 진화한다는 관점에서 디지털 시대에 디카시는 시대환경에 적응한 시의 몸 바꾸기의 일환이라 데는 이의가 없을 것입니다. 그런데, 이 디카시가 새로운 시대의 시로 안착하기 위해서는 여러 가지 노력이 필요할 줄 압니다. 앞으로 디카시 운동을 전개해나가는 데 있어서 유념해야 할 점을 지적해주시죠.

김영탁: 디카시의 운명은 확신할 수 없지만 디카가 존재하는 한 영속성을 가질 거라 생각합니다. 그러나 중요한 것은 역시 시라고 생각합니다. 디카시는 사진만으로 디카시가 될 수 없기 때문에 시는 원천일 수밖에 없습니다. 앞으로 두 가지 정도에서 디카시가 작동되지 않을까 진단합니다. 하나는 기존 현대시에서 조금씩 출현하는 현상과 둘째는 일반대중과 함께하는 대중성인데 다양한 장르에서 확산되면서 디카시의 스펙트럼을 이룰 거라는 생각입니다. 현대시에서는 아마 소극적으로 나아가겠지만 현대시를 쓰고 있는 시인들이 디카시를 쓰는 현상이 많아지지 않을까 그려봅니다.

디카시를 분량적으로 보면 사진이 50%이고 시가 나머지입니다. 그런 만큼 사진이 또한 매우 중요합니다. 사진으로 보면 100% 작업의 완성도가 필요하다는 거죠. 사진을 잘 찍어야겠죠. 디카에 대한 기술적이고 아트적인 기량이 필요합니다. 디카시가 분명히 '순간의 포착'이지만 처음부터 끝까지 작업의 공정이라면 일정 부분에서 사진을 보정할 필요도 있습니다. 시인의 눈은 어차피 카메라와 닮아 있고 요즘 디카들은 성능이 좋아서 디카 초보자들에게도 다행한 일입니다. 이제 나머지는 시를 쓰는 사람의 몫입니다.

아무튼 디카시가 당장 어떠한 성과(문학이 성과주의가 아니듯)를 낸다는 압박을 받을 필요는 없을 듯합니다. 우선 대중적이라는 토대 위에서 동력을 축적하는 과정에서 모양새와 새로운 시론이 출현하지 않을까 생각합니다.

배한봉: 디지털 카메라로 찍은 사진과 시를 결합시켰다고 해서 디카시가 되는 건 아니라 생각합니다. 디지털 사진과 시의 결합, 디카시에 대한 오해의 출발점은 여기에 있다고 보는데요, 이 오해가 상당 부분 이해됩니다. 그간 시가 문자 중심이었기 때문이지요. 새로운 이론이 자리를 잡는 데는 많은 시간이 소요됩니다. 이 물리적 시간은 새로운 이론을 창안한 사람의 뒤를 이어 이 이론을 새롭게 소화해서 연속적으로 전개할 이론가와 창작자의 탄생에 소요되는 시간이지요.

그리고 디카시 장르의 확산을 위해서는 초기에는 아마추어리즘이 필요하다는 생각을 합니다. 이상옥 선생이 창간한 《디카詩 마니아》에도 그런 의미가 내포되어 있다고 봅니다. 마니아란 말 그대로 어떤 한 가지 일에 몹시 열중하는 사람이나 그런 일을 뜻하잖아요. 기성 시인들 작품보다 디카시 마니아들의 작품을 다수 수용하는 것이 오히려 디카시 운동의 전개에 더 강력한 자장으로 작용할 것 같다는 생각이 들어요. 기성 시인들의 경우는 대부분 기존 문자로 구성되는 시의 깊이에 천착하고 있어서 디카시라는 새로운 시 형식에 집중하려는 노력을 많이 기울이지 않는 것 같더라고요. 발간된 《디카詩 마니아》에 수록된 작품들의 경우도 거개가 시의 주제와 결부되는 사진을 첨부하는 형식이었단 말이죠. 엄밀

한 의미에서의 디카시가 아닌 거지요. 해서 《디카詩 마니아》에 아마추어 창작자의 작품과 아마추어 이론가들의 이론을 지속적으로 수록해 나가다가 정말 역량 있는 창작자나 이론가가 있을 때 신인으로 발굴하는 방법이지요. 시간이 걸리겠지만 이렇게 신인을 육성하는 방안도 하나의 방법이 아닐까 하는 생각을 하게됩니다. 처음부터 쉬운 일은 아니겠지만 문단에 디카시인, 디카시평론가라는 새로운 이름을 등재하는 것이지요.

이상옥: 김 시인님의 디카시의 운명에 대한 강한 확신에 저도 동감하면서 디카시 운동에 더욱 박차를 가해야 하겠다는 다짐을 해봅니다. 제가 무크 《디카詩 마니아》를 창간하고 지난 12월 2호까지 펴내면서 벌인 이 무크지 운동이 의외로 많은 결실을 거두었습니다. 그러면서도 아쉬움이 있지요, 그것은 배 시인께서 지적한 바대로 과연 무크지에 수록된 디카시가 그 정체성을 확보하고 있는가의 문제이죠. 그럼에도 불구하고 이 무크지 운동으로 디카시의 가능성을 어느 정도 확인했기 때문에 보다 더 본격적인 운동을 전개하기 위해서는 정기간행물 시대를 열어야 한다는 판단을 했습니다. 그래서 내친김에 '디카詩' 라는 제호로 정기간행물 등록을 했습니다. 또한 정기간행물을 출간할 '도서출판 디카詩' 라는 출판사도 설립했습니다.

우선, 반연간지로 올 12월에 디카시전문지 《디카詩》를 창간하려고 합니다. 두 분께서도 편집위원으로 참여해주시기로 하셨지요. 앞으로 디카시는 보다 안정적 토대 위해서 발전해나갈 것으로 기대합니다.

정기간행물 발간과 관련된 의견도 좀 말씀해주시죠.

김영탁: 디카시가 내년부터는 계간지로 진행했으면 좋겠습니다. 디카의 특성상 사계절이 유리합니다. 계절별로 색깔이 분명하고 차별화되는 특장이 있지요. 가장 이상적인 것은 재정만 허락된다면 월간지가 좋죠. 계간이나 월간이나 만드는 공력은 마찬가지입니다.

디카시 잡지를 발간하려면 특성상 올칼라로 인쇄할 수밖에 없기 때문에 재정적인 부담이 크겠죠. 디카시의 부흥은 디카의 판매 신장과 관련이 있습니다. 때문에 디카를 생산하는 거대한 기업들이 재정적인 협조를 하기를 바랍니다. 예를들어 기업의 디카광고를 지면에 싣고 광고료를 받을 수 있다면 큰 힘이 될 테죠. 그것이 아니더라도 이제는 기업들이 문화예술을 위하여 특히 문학을 위하여 재정적인 지원을 아끼지 않을 때입니다. 이 문학의 콘텐츠가 어느 날 기업을 일으키고 진정한 일류기업이 될 수 있는 자양분이 되리라고 봅니다. 아직 이러한 토양이 부족한 것은, 기업이 문화예술을 이해하고 수용하여 기업 이윤으로 창출하는 데 미개한 것입니다.

배한봉: 새로운 시 형식을 추구하는 문예지의 출현이라 상당히 기대가 됩니다. 현재로서는 디카시 창작자가 많지 않은 만큼 내용적인 면에서는 앞서 말씀드린 바와 같이 초기에는 아마추어리즘을 표방하는 것도 한 방법이지 싶습니다. 물론 다각도로 검토한 뒤에 결정해야겠지만 말이죠. 기존 문예지도 그렇지만 지속적인 발간을 하려면 가장 먼저 재정적 어려움이 상당할 것인데, 걱정이 앞서는군요. 하지만 이상옥 선생의 열정이 뜨거운 만큼 잘 극복해서 역량을 펼칠 것이라 믿습니다.

이상옥: 디카시의 미학적 측면과 운동적 측면을 두루 살펴보았습니다. 이제 대담을 마무리하면서 하시고 싶은 말씀 한 마디씩 해주시죠.

김영탁 : 지상 대담이지만 두 분을 만나서 반갑습니다. 디카시의 무궁한 발전을 빕니다.

배한봉 : 자주 이런 대담을 나누면서 디카시의 발전을 꾀하고 싶습니다.

이상옥 : 두 분께 감사드립니다. 대담을 마무리하면서 첨언하고 싶은 게 있습니다. 지상대담을 기획하는 중에 계간《다층》주간인 변종태 시인께서 핸드폰에 내장된 디카로 포착한 디카시를 제 핸드폰으로 보내었습니다. 네 편이나 보내주었죠. 그래서 이번 특집에 변종태 신작 디카시를 특집으로 꾸미자고 부탁했습니다. 변종태 시인님의 이런 작업에서도 디카시의 새로운 가능성을 다시 확인할 수 있었습니다. 정말 핸드폰 등 디지털 매체를 중심으로 온·오프라인을 넘나드는 디카시의 소통 회로는 무한합니다.

이번 지상대담이 무한한 지평이 열려 있는 디카시 운동을 앞으로 우리 더욱 힘차게 해나가도록 다짐하는 계기가 마련 된 것아 큰 보람을 느낍니다. 끝으로 이 자리를 빌려 디카시 운동에 큰 격려해주시고 계신 문덕수 선생님과 시문학 발행인인 김규화 선생님께 감사드립니다.

반년간《디카시》통권 4호(2008 여름)
특집 정담 : 순간 포착과 즉석의 쌍방향 소통,
그리고 문학콘텐츠
참가자: 이상옥(본지 주간), 변종태《다층》
주간) 최광임 《시와 경계》편집장)

최광임 :《디카詩》2호를 특집호로 꾸미면서 정담을 나누고자 합니다. 그동안 디카詩 운동은 다양하게 진행되어 왔는데, 문예지 형식으로는 2권의 무크지와 1권의 정기간행물이 나왔습니다. 이번 정기간행물《디카詩》2호는 두 분 선생님의 2인 시집 형식으로 발간됩니다. 문예지로서는 이례적인 형식이지요. 이런 파격적인 형식으로 잡지를 내는 것은 그동안 디카시라는 이름으로 청탁하여 잡지에 게재한 작품들이 과연 디카시의 정체성을 드러내고 있었는가라는 우려에서 기인합니다.

디카시는 순간 포착, 혹은 극순간 포착이 생명인데, 그동안의 디카시가 일반 문자시와 별반 차별화되지 않는, 즉 디카 사진을 소재로 쓴 시에 그치는 듯한 면이 없지 않았어요. 그래서 이번에 휴대폰에 내장된 디카로 순간 포착한 '디카시'로만 묶은 2인 시집을 기획하게 됐습니다. 물론, 디카시는 앞으로 다양하게 변주될 수밖에 없습니다만, 디카시의 정체성을 확인한다는 측면에서 두 분 선생님께서 시도하는 순간 포착의 디카시는 중요한 의미는 지닙니다.

오늘은 이런 점을 유의하면서 디카시 전반에 대한 정담을 나누겠습니다. 먼저 본론에 들어가기 전에 오늘의 시단에 대한 견해에 대해서도 듣고 싶습니다. 오늘의 시의 경향, 혹은 문제점 등에 대해서 말씀해주시죠

이상옥 : 그동안 디카시 운동을 주창하면서 현대시의 문제점에 대해서 많이 지적한 바 있습니다. 오늘의 시가 읽혀지지 않는다는 것, 곧 독자가 없이 시인들 끼리 자가발전에 그치고 있다는 것 등에 대한 우려가 현실화되고 고착화되고 있는 오늘 시단의 문제는 어떤 방식으로든지 타개되어야 합니다.

이런 문제는 오늘의 시가 20세기 시론을 넘어서는 데서 단초를 찾을 수 있을 겁니다. 20세기 시론은 시가 언어예술이라는 좁은 개념에 묶여 있었습니다. 물론 구체시 혹은 형태시 등과 같은 이름으로 언어예술의 범주를 넘어서려는 몸부림이 없었던 것은 아닙니다. 오늘날 타이포그래피처럼 언어라는 의미기호를 넘어 언어 자체의 형태로서도 시적 발언을 하려고 한 것이지요. 해체시에서도 도형이나 그림, 낯선 기호나 표식 등을 시에 도입하는 것 등은 모두 기존의 언어예술이라는 한정된 시의 카테고리를 확장하고자 하는 노력이었다고 볼 수 있습니다. 그러나 이런 노력은 실험 자체로 끝나고 이것들이 독자와 소통하는 데는 큰 효과를 보지 못한 것으로 평가됩니다.

그래서 21세기 디지털 환경 속에서는 디지털 사진 같은 영상언어를 시의 언어의 일상으로 받아들여서 문자언어 중심의 언어예술이라는 통념을 넘어서려는 움직임이 눈에 띄고 있는데, 이들 논의의 중심에 바로 디카시가 있습니다. 이렇듯 시의 위기라는 담론은 불가피하게 디카시 같은 전통적 언어예술을 넘어서려는 새로운 담론을 낳게 되는 것 같아요.

변종태 : 흔히들 현대를 문학의 위기니, 시의 위기니 하는 말들을 하곤 합니다. 우리 문학에 대한 우려 섞인 진단이라고 생각됩니다. 하지만 정작 문제의 제기만 있지, 대안을 제시하는 경우는 거의 없다고 해야 할 듯싶습니다. 이러한 측

면에서 역설적인 논리가 성립할 듯한데, '위기' 라는 말은 '기회' 라는 말과 동의어가 아닌가 합니다. 다시 말한다면 변화의 시기라는 말씀이죠. 카메라가 발명되었을 때, 서둘러 繪畵의 죽음을 말했던 당시의 분위기와 무관하지 않다고 봅니다. 이 시기를 현명하게 지나간다면, 문학은 새로운 르네상스를 맞이할 것이라고 생각합니다. 이 교수님께서 주창하신 디카시가 그 새로운 대안 중 하나라고 생각되기도 하구요.

최광임 : 계간《다층》에서는 봄호에 매년 신춘문예 특집을 기획하고 있는데, 변 주간께서는 특히, 근자에 등단하는 신인들에 대해서 하실 말씀이 많은 듯한데요. 신춘문예의 변화 국면은 어떤지요.

변종태 : 위에서 말씀드린 것처럼, 사회적으로는 그렇게 시의 위기를 말하는 사람들이 많은데도, 신춘문예의 계절이 오면 각 신문사마다 또 그렇게 응모자들이 몰리는 현상은 무엇이라 설명을 해야 할까요? 단순히 숫자만 가지고 얘기한다면, 이는 매체의 변화에 따른 문학의 위기를 말하는 것이 아니라, 문학의 생산 주체들이 변화한다는 징후라 생각해요. 무슨 말인고 하면, 과거에는 문인 혹은 시인이라고 하면 일반 독자들과는 종류가 다른 사람들로 인식되었고, 사회적으로 시인의 자리는 제법 상위 계층을 형성하던 것이, 민주화의 바람을 타고 사회적 계층이 흔들리면서, 단순히 소비자로만 머물던 독자들이 생산자로 나서게 된 것이라는 생각이 들거든요? 이런 관점에서 보면 오늘날은 시의 위기가 아니라 시의 부흥을 말할 수 있는 좋은 기회라 생각합니다. 생비자라고 하던가요? 프로슈머(Prosumer)라는 말처럼, 생산자인 동시에 소비자인, 시인인 동시에 독자인

사람들이 그렇게 늘었다는 의미가 아닐까요? 그렇다면 오늘 우리가 여기서 논의하는 디카시라는 것이 그야말로 매체의 변화와 더불어서, 가장 프로슈머(Prosumer)다운 시의 흐름으로 이어 시의 부흥을 말할 수 있는 한 가지 방법이 아닐까 합니다.

이상옥: 실상 문학의 위기, 시의 위기를 운위하면서도 시를 지망하는 사람은 전혀 줄어들지 않고 있다는 점은 아이러니지요. 그러나 한편으로는 시를 지망하는 젊은이들이 예전보다 줄어들고 있다는 것은 인정하지 않을 수 없습니다. 문예창작과에서도 시나 소설보다는 방송 드라마나 영화 시나리오 같은데 더 관심을 갖는 것은 오늘 시의 위기를 반영하고 있는 듯도 합니다.

이런 국면에서 변 주간님이 지적한 것처럼 '프로슈머'라는 말에 주목해야 합니다. 특히, 디지털 세대인 젊은 네티즌들은 일방적 소비자도 아니고 일방적 생산자도 아닙니다. 그야말로 프로슈머이지요. 이런 네티즌들을 시의 현장으로 끌어들이기 위해서는 시가 좁은 의미의 문자 중심의 언어예술이라는 카테고리를 넘어서 영상언어까지 포괄하는 광의의 언어예술로 거듭나야 할 필요가 있습니다. 그래서 우리 시단을 좀 젊게 만들어야 합니다.

최광임 : 오늘날의 시단은 다수 문예지 시대라고 해도 좋을 법한데, 문예지가 양산되고 있는 이유와 그 의미에 대해서 두 분 말씀해주시죠

변종태 : 앞에서 말씀드린 신춘문예에 응모자가 몰리는 현상과 유사하다고 생각합니다. 요즈음에 문예지를 돈벌이 수단으로 삼겠다는 사람이 있을까 싶어

요. 물론 우리 문단의 일부에서 신인장사를 하는 문예지들이 없는 것은 아니라고 알고 있습니다. '사업'으로 치자면야 문학만 한 소스가 또 있을까요? 하지만 그들은 과거의 문학에 머무른 사람들이라 생각해요. 과거에는 문예지를 발간하는 주체들이 하나의 커다란 문단의 권력으로 자리하고 있었죠. 그런데 문예지의 발행인입네, 주간입네 하면 대단한 권력을 쥔 사람처럼 행세하던 시절, 그 수준의 문학을 가지고 장사를 하는 것이니, 그들을 문예지라고 하는 자리에 끼워주는 것은 논의로 하고, 그럼에도 불구하고 기관지를 빼고도 문예지의 종수가 300여 종이 넘는 현상은, 역시 문단의 민주화라고 진단하고 싶어요. 단순히 시인들은 창작을 하고, 발표지면을 구하기 위해 문학시장을 서성거리는 것이 아니라, 자기 스스로 발표지면을 만들어버리는 것이죠. 그러다보니 문예지의 종수가 폭발적으로 증가하는 것이라고 생각되네요.

이상옥 : 그렇습니다. 문예지의 종수가 폭발적으로 증가하는 것은 민주화라는 시대현실과 맥이 닿아 있습니다. 소수 문예지 시대에는 몇 권의 문예지가 문단을 독점하고 있었고, 그래서 그 문예지는 문단의 공기 역할을 하는 순기능도 있었습니다. 그러나 역기능 또한 그 못지않았습니다. 몇몇 문단인에게 문단권력이 집중되어 그 횡포 또한 컸습니다.

최광임 : 이제 본격적인 디카시 얘기로 돌려볼까요. 이상옥 선생님은 그동안 디카시 운동을 주창해오면서 여러 가지 일을 하셨는데, 그 중에서도 주목을 요하는 것은 역시 무크지 《디카詩 마니아》 창간과 이어서 정기간행물 《디카詩》 창간입니다. 이런 일련의 일들을 통하여 디카시 담론을 생산해내셨는데, 그간의

소회를 말씀해주시죠.

이상옥: 제가 온라인에서 2004년 4월부터 최초로 디카시라는 이름으로 연재하고 그것들을 묶어 2004년 9월에 디카시집 《고성 가도(固城 街道)》를 문학의 전당에서 펴내면서 본격적인 디카시 공론화가 시작됐습니다. 처음에는 저 혼자만의 놀이 혹은 실험으로 즐겁게 작업을 했습니다만 디카시 잡지까지 창간하고 나니, 아 내가 너무 깊이 디카시에 몸을 담근 것이라는 사실을 알게 되었고 그때부터는 엄청난 부담을 느끼게 됐습니다. 그동안 저의 디카시 작업에 도움을 주신 문덕수 선생님을 비롯하여 김열규, 강희근 선생님, 그리고 최춘희, 김영탁, 배한봉, 변종태, 양문규, 송용구, 최광임 시인님 등 이 자리에서 일일이 다 거론할 수는 없지만 많은 시인, 비평가들께서 도움을 주시거나 동참해주셨습니다. 제가 이제까지 발간한 디카시 잡지에 디카시를 발표해주신 주요 시인들만 해도 수십 명이고 또한 타 잡지에서 디카시 담론생산에 참여해주신 분들도 많이 있습니다. 해서 이제 디카시 담론은 제 개인이 좌지우지하지 못할 만큼 논의가 확산돼버렸습니다.

제가 힘들다고 디카시 이제 그만 스톱하자고 말할 수도 없는 지경에 이른 겁니다. 그래서 더욱 부담스럽습니다. 가끔 디카시를 공론화하지 말고 내 개인의 실험으로 그쳤으면 오히려 낫지 않았을까 하고 생각해보기도 합니다.

최광임 : 변 주간님께서도 디카시에 관심을 많이 가지시고, 휴대폰에 내장된 디카(폰카)로 디카시 창작 작업을 선도해오시고 있는데, 디카시의 매력은 어디에 있나요.

변종태 : 이 부분에서는 이상옥 교수님과의 인연이 결정적 계기가 되었다는 말씀을 드려야 할 것 같아요. 디카시라는 장르를 주창하시고, 많은 작업을 거치던 이 교수님께서 한 동안 딜레마에 빠진 듯한 느낌을 받았어요. 디지털 카메라로 사진을 찍고, 그 영상을 보면서 시를 쓰든지, 시적 영상이 떠올라 카메라로 사진을 찍은 후 영상을 결합하는 방식은 과거의 시화전의 형식으로 종종 이용되곤 했던 '포토포엠'과 변별성을 확보하는 데 문제가 있다는 생각이었어요. 제 주변에서도 그러한 반응들이 제법 있었구요. 그런데 젊은 사람들하고 핸드폰 문자 메시지를 주고 받다보면 멀티메일이라는 것이 있는 거에요. 음악을 포함한 문자 메시지가 들어오기도 하고, 그림이나 이모티콘을 이용한 문자 메시지도 들어오기도 하길래 제 핸드폰으로 찍은 사진에 시적인 문장을 넣어 몇몇 사람과 주고 받곤 했어요. 그러던 것을 이 교수님과의 논의 과정을 통해 디카시 운동의 한 방법으로 소개를 했던 것이지요.

최광임 : 그러면 이제 그간 《디카詩 마니아》, 《디카詩》 등지에 발표된 디카시는 이상옥 선생님이 주창하는 디카시의 정체성을 잘 드러내고 있는지 궁금합니다.

이상옥 : 변 주간님이 말씀하신 포토포엠과 디카시의 변별성 문제는 그동안 많이 논의가 된 것입니다. 이 문제에 대해서 제가 여러 지면을 통해서 이미 해명한 바도 있지만 아직까지 오독하는 경우가 많아요. 먼저 디카시는 디카사진 영상 이전에 사물이나 자연(모든 피사체)에서 시적 형상, 곧 날시(row poem)를 포착하는 것이 선행돼야 합니다. 디카영상은 이 날시를 담은 것이지요. 이론적으

로는 이미 자연이나 사물이 스스로의 상상력은 완벽한 시적 형상을 드러내고 있는 것이기 때문에 시인은 그것을 포착하여 전달한다는 측면에서 시인의 상상력은 현저히 축소된다고 봐야 합니다. 그런데, 이런 가장 기본적인 인식을 전제로 하지 않고 그냥 디카영상을 소재로 시를 쓰는 것이 디카시라고 생각하는 오류를 많이 범합니다. 실상, 겉으로 보기에는 포토포엠과 디카시는 별반 차이가 나지 않을 수도 있습니다만, 이 둘은 시적 세계관부터 근본적으로 다른 것이죠. 이런 점에서 《디카詩 마니아》, 《디카詩》에 수록된 디카시는 정체성에 문제가 있는 것이 사실입니다.

그러나 제가 말하는 것은 디카시의 본질적 국면을 지적한 것입니다. 광의의 디카시는 보다 탄력적으로 적용돼야 하는 면도 있을 것 같아요.

최광임 : 변 주간님은 어떻게 보시는지요.

변종태 : 초기 디카시는 앞에서 말씀드린 것처럼, 기존의 양식인 포토포엠이라는 것과 확연한 변별성을 얻었다고 보기에는 조금 약하다고 생각합니다. 다만 디지털 매체에서 이루어진 것을 아날로그 방식인 인쇄물로 제작되었을 때의 결과만 놓고 봤을 때 그렇다는 말이죠. 아마 이번 《디카詩》에 발표되는 것들도 결과만 놓고 봤을 때는 의도하는 바의 정체성을 드러내는 데는 한계가 있다는 얘기죠. 그것은 이 교수님의 의도나 디카시 이론이 잘못되었다는 말이 아니라, 매체의 차이로 인해, 인쇄물로는 디카시의 정체성을 제대로 드러낼 수 없다는 의미겠죠. 앞으로도 이러한 한계는 있을 것이라는 생각이 듭니다. 이러한 점을 보완할 수 있는 방법을 모색하는 것도 과제가 아닐까요.

최광임 : 이번호는 특집호로 2인 디카 시집이 나갑니다. 두 분께서는 폰카로 찍은 디카시를 디카시 마니아 카페에 연재하고, 그것을 정리하여 2인 시집으로 묶는 것이지요. 폰카로 디카시를 즉석에서 창작하여 그것을 곧바로 멀티메일로 배달하는 작업은 디카시 소통을 더욱 풍성하게 하는 것으로 평가됩니다. 이런 창작 작업을 하게 된 동기를 좀 말씀해주시죠.

변종태 : 솔직히 말씀드리면, 이 교수님과 핸드폰으로 디카시를 상당히 많이 주고받았어요. 그 때 제 집사람에게도 함께 종종 보내주곤 했어요. 핸드폰 메일로 한꺼번에 20명에게 동시에 보낼 수 있으니까요. 그런데 제 집사람이 이 교수님과 사귀느냐고 하더군요. 그도 그럴 것이 이 교수님 성함이 좀 여성적인 느낌을 주기도 하잖아요? 디카시라고 하는 이름을 달지는 않아도 사람들은 최근에 엄청나게 발전한 디지털의 위력을 실감하고 있다고 생각합니다. 나날이 빨라지는 인터넷과 초 고화질을 재현할 수 있는 디지털카메라의 눈부신 발전이 우리의 손안에 들어와 있다는 것이죠. 그런데 두 분께서는 핸드폰의 기능을 몇 퍼센트나 활용하고 계실까요? 전화, 교통카드, 카드결제, DMB, 사진/동영상 카메라, 메일 전송/확인, 전자사전, 게임, MP3, 전자책, 녹음기, 데이터 저장, 시계, 계산기, 일정관리, 전자수첩, 인터넷, 주소관리 등 그 기능들은 가히 엄청나다 할 수 있겠죠. 카메라만 말씀드리면, 순간적으로 좋은 그림들을 촬영하고, 거기서 떠오른 즉석 이미지들을 문자로 보완해서 제3의 시가 태어날 수 있다고 생각하게 된 거죠. 그리고 그것이 다중(多衆)과 공유가 된다면 시의 느낌을 사회로 확산시키게 되는 계기가 되리라는 생각에 이르게 된 것이구요. 이게 디카시의 탄생 배경이 아닐까 생각합니다.

이상옥 : 변 주간님이 제게 멀티메일로 보내주신 디카사진과 문자의 결합방식은 디카시의 새로운 가능성을 보여주는 것이라고 생각했습니다. 그래서 변 주간님의 휴대폰 디카시를 소개하고, 변 주간님께 휴대폰 디카시를 주고받으면서 그것을 디카시 마니아 카페에 시범적으로 연재를 해본 것입니다. 이런 일련의 작업을 이번에 2인 시집 형태로 특집호로 꾸민 거죠. 휴대폰으로 디카영상에 문자를 달아서 메시지를 전달하는 방식은 이미 일상화된 것입니다. 이런 현상을 변 주간님과 저와의 작업을 통해서 디카시라고 명명해준 데에 의의가 있다고 봅니다. 물론, 이런 명명에는 디카시론이라는 이론적 토대를 토양을 배경으로 하고 있음을 간과해서는 안 되겠죠.

최광임 : 이번 디카시 2인 시집은 디카시의 순간 포착의 미학을 잘 보여주는 것 같습니다. 두 분이 폰카로 창작하시면서 특히 염두에 둔 것은 무엇인지 말씀해주시죠.

이상옥 : 변 주간님과 주고받은 폰카로 찍은 디카시는 디카시의 진화라고 볼 수 있습니다. 휴대폰의 디카 기능과 멀티메일 전송기능이 일상화되기 이전에 디카시는 디카(휴대폰의 디카 포함)로 날시를 찍어서 그것을 다시 인터넷에 올리는 작업을 해야했지만, 이번의 우리 작업은 휴대폰과 휴대폰으로 바로 소통되는 거죠. 즉, 자연이나 사물에서 발견한 날시를 폰카로 담고 그것을 즉석에서 문자로 재현한 후에 곧바로 멀티메일로 전송하여 독자와 소통할 수 있는 시스템은 디카시의 순간 포착과 아울러 순간 소통까지 실현해주는 것이죠. 이런 점에서 디카와 멀티메일 기능을 겸비한 휴대폰은 현재로서는 순간 포착과 소통이라는

디카시의 이상을 가장 잘 실현해낼 수 있는 문명의 이기입니다.

휴대폰 디카로 찍은 영상의 질 문제를 제기할 수 있지만, 디카시의 디카영상은 문자와 결합될 하나의 텍스트로 실현되는 것이기 때문에, 디카 영상 자체의 예술성에 크게 의존할 필요는 없다고 봅니다. 그렇다고 일부러 디카영상을 무시할 필요는 없겠지요. 여기서 한 번 더 강조해두고 싶은 것은 디카시의 디카영상은 사진예술에서 말하는 예술성과 디카시의 그것과는 다른 국면으로 봐야 한다는 것입니다.

아무튼, 앞으로 디카시는 다양한 국면으로 발전하겠지만, 이번 우리 작업에서 보여주는 것은 디카시의 정체성을 한번 짚어주는 의미를 지닙니다.

변종태 : 사진이나 시의 공통점은 이미지라는 것은 알고 있는 것이겠지요. 이러한 성질을 바탕으로 디카시는 시이면서 사진이고, 사진이면서 시인, 제3의 장르로 태어날 수 있다고 생각합니다. 또한 말씀하신 대로 디카시의 생명이라면 순간성이라고 생각합니다. 순간적으로 본 사물이나 상황을, 순간적으로 떠오른 시상과 결합하여 창작하게 되는 순간성(순간적으로 본 사물이나 상황은 날시이고 그것의 문자 재현이 곧 순간적으로 떠오른 시상이라고 볼 수 있다.-편집자 주), 그것이 디카시의 매력이랄 수도 있겠고요. 또 순간적으로 창작한 것을 폰에 저장된 사람들에게 실시간으로 보낼 수 있으니, 그것 또한 디카시의 매력이라고 생각합니다. 그러면 또 실시간으로 독자들의 반응이 문자를 통해 돌아오죠. 이렇게 일방적인 시인-독자의 관계로, 시인은 쓰고, 독자는 읽는 관계가 아닌, 시인과 독자의 능동적인 담화가 이루어질 수 있는, 쌍방향성이라는 요즘 정보화시대를 가장 잘 대표할 수 있는 문학의 흐름이라는 생각이 들어요. 어떤 시인은, 자신

은 처음 쓴 시를 절대로 퇴고하지 않는다고 하더군요. 그 이유는 처음의 시상이 왜곡된다는 것이었어요. 하지만 저는 이 부분은 동의하지 못합니다. 뒤집어 말한다면, 처음 떠오른 시상이 언어로 표현될 때 이미 왜곡 현상은 일어나는 것이기 때문이죠. 하지만 그러한 것과는 달리, 디카시는 미세한 순간의 시상을 사진과 언어를 결하시켜 탄생한다는 의미에서 일반 시의 창작과는 다른 창작 심리가 작용한다고 봅니다.

최광임 : 디카시의 미래, 전망에 대해서 말씀해주세요.

변종태 : 앞에서도 말씀드린 바와 같이, 인쇄매체인 아날로그 세계에서는 디카시의 구현이 한계가 있을 수밖에 없어요. 물론 핸드폰과 컴퓨터라는 利器가 있어야만 구현될 수 있다는 한계가 있기는 하지요. 그래도 우리나라의 현실로 볼 때, 워낙 이러한 정보화가 보편적으로 구축되어 있으니, 시장은 충분하다고 생각이 돼요. 앞으로 이러한 콘텐츠를 정보 시장과 적극 결합한다면 훌륭한 문화상품으로 자리매김 할 수 있지 않을까 하는 생각이 들어요. 각 정보통신사와 결합하여, '아침을 여는 디카시' 처럼 가입자들에게 서비스를 해 준다면 가히 우리나라는 정보화의 선두주자일 뿐만 아니라, 시의 공화국이 될 수 있지 않을까 생각합니다. 이러한 노력을 통해 국민들의 문화 의식을 일깨우고, 정서적으로 순화된다면 각종 범죄에 찌들어가는 인터넷 환경이나 핸드폰 등의 정보화의 역기능도 다소 완화될 수 있다는 생각이 듭니다.

이상옥 : 그렇습니다. 정보기술의 산물인 디카시는 새로운 문학콘텐츠로서

무한한 가능성이 있습니다. 이를 위해서 순간 포착과 즉석의 쌍방향 소통이라는 디카시의 정체성을 더욱 공고히 할 필요가 있겠죠. 그리고 디카시를 종이책에 인쇄할 때 디카영상과 문자의 결합을 보다 업그레이드시킬 필요가 있습니다. 이럴 경우 보다 적극적으로 타이포그래피를 도입하는 문제도 신중하게 고려해볼 수 있겠어요.

앞으로도 힘든 작업이 되겠지만, 디카시 잡지는 계속 발간돼야 합니다. 이 잡지를 통하여 디카시 담론을 지속적으로 생산해내야 합니다. 디카시의 확산을 위해서 전국고교생 디카시 백일장도 개최해볼 필요가 있습니다. 지금의 디지털 기술만으로도 충분히 가능합니다. 올 9월 경남 고성에서 지자체의 도움을 받아 처음으로 개최해볼 작정입니다. 그리고 변 주간님이 제안하신 휴대폰에 '아침을 여는 디카시' 가입자 서비스도 적극적으로 추진해보고 싶습니다. 이런 다양한 시도들이 결실을 거두면 디카시는 시의 위기를 넘어서 문학성과 대중성을 겸비한 문학콘텐츠로 확고하게 자리할 수 있을 것입니다.

2009 전국문인초청
'고성생명환경농업과 디카시 체험마당' 좌담회
■ 때 : 2009년 10월 14일(수요일) 저녁 7시
■ 곳 : 경남 고성군 하일면 상족암 레스까페
■ 참석문인 : 김종회(좌장, 경희대 교수), 김수이(경희대 교수),
　　　　　　박주택(경희대 교수), 배한봉(《시인시각》 주간),
　　　　　　서하진(경희대 겸임교수), 이상옥(창신대 교수),
　　　　　　조정권(경희사이버대 겸임교수),
　　　　　　홍용희(경희사이버대 교수)
■ 정리 : 차민기(문학평론가)

이상옥 : 이번 행사를 기획한 입장에서 먼저 말씀 드리겠습니다. 경남 고성의 고유브랜드인 '생명환경농업' 과 고성을 본거지로 하는 디지털 시대의 새로운 시운동인 디카詩를 접목하는 경남생명환경농업 디카시체험한마당이 고성생명 환경쌀 수확 시점에 맞추어 펼쳐지게 된 데에는 이학렬 군수님의 적극적인 문화 마인드에서 기인합니다. 또한 고성 출신인 김종회 교수께서 고향에 남다른 애정 을 보여주셔서 이번 행사가 성황리에 펼쳐질 수 있게 된 것입니다.

이 행사는 반년간 《디카詩》(편집주간 이상옥)와 한국문학평론가협회(회장 김 종회)가 추천한 문인 40인을 초청하여, 고성생명환경농업을 디카詩로 표현하게 하여 고성생명환경농업디카시집을 만들어 전국에 배포하는 겁니다.

그 일환으로 오늘 좌담회가 마련된 겁니다.

김종회 : 디카시 운동이 2004년부터 고성을 본거지로 시작되었습니다. 이 디 카시 운동이 어떤 의미를 지니는지 얘기해주시죠. 자, 우선 평론가분들의 말씀 을 먼저 들어볼까요. 김수이 선생님?

김수이 : 지금까지의 생태환경관련 문학 작품들을 많이 보아왔지만, 이런 디지털 매체와의 접목은 처음이네요. 우선, 생각지 못했던 갈래의 실현이라는 점에서 새롭고 또 흥미로워요.

김종회 : 홍용희 선생님은 고향이 안동이신데, 농촌 현장의 체험을 가지고 계신 분의 생각은 어떠신가요?

홍용희 : 지금의 농촌은 제가 경험했던 때의 농촌과는 달라진 면이 많지요. 그러나 그때나 지금이나 농촌은 살기 힘든 곳이라는 점에서는 변함이 없습니다. 이번 디카시 체험전과 같은 행사가 지니는 큰 의미들이나 의의에 대해선 여러 선생님들께서도 염두에 두신 말씀들이 있겠지요. 전 다만 이런 행사들이, 팍팍한 농촌의 일상을 살아가시는 분들께도 조금이나마 살맛나는 일들로 체험될 수 있었으면 좋겠다는 생각을 해봤습니다.

김종회 : 역시 농촌 현장에서의 생체험을 가지신 분이라 그런지 관점이 다르군요. 서하진 선생님은 어떠셨습니까?

서하진 : 지금까지 생태환경에 대한 주제는 서정갈래에서 비교적 많이 다루어 온 경향이 있지요. 디카시도 갈래적 관점에서 본다면 서정쪽이겠지만, 그 초점을 생명환경농업의 현장에 둔다면, 이는 현재의 농촌문제를 심도 있게 다루거나, 혹은 미래농촌사회를 전망하는 서사적 갈래를 자극할 수도 있겠다는 생각이 드네요. 또 갈래교섭적 차원에서 보자면, 비교적 임팩트가 약할 수 있는 생태환

경 주제의 소설들에 이러한 현장성이 강조되는 디카시를 접목시킨다면, 소설의 극적 구성에도 도움이 되지 않을까 하는 생각도 해봤어요.

근데, 말해 놓고 보니, 지극히 소설가적 관점에서 말씀드린 것 같네요. 제가 농촌 현장의 생체험이 없어 그런가 봐요(모두 웃음).

김종회 : 그렇다면 시인적 관점은 어떤지 들어볼까요? 조정권 선생님부터 말씀해 주시죠.

조정권 : 날이미지에서 생겨나는 감흥의 즉각적 발(發)을 포착한다는 디카시의 개념을 고려할 때 대상을 생태환경, 혹은 농촌의 풍경으로 삼는다는 것은 날이미지의 신선도를 드높이는 한 방법이 될 수 있겠다는 생각이 들더군요. 어때요? 시인적 관점이 잘 드러났나요?(모두 웃음).

박주택 : 전 아까 들렀던 생명공업연구소가 인상 깊었는데요. 그 작은 미생물들의 힘들이 그리 엄청난 자연의 변화를 유발할 수 있다는 사실이 경이로웠지요. 간혹 활자로만 대하던 미생물들의 생태계를 눈으로 직접 보니, 아휴~ 정말 이건 자연이다, 싶더군요. 디카시가 지닌 그 순간의 포착, 혹은 즉물성이 이런 자연을 담아내는 데 아주 효과적일 수 있겠다는 생각이 즉각적으로 들더군요.

배한봉 : 저는 평소 이상옥 선생님과 디카시에 대한 얘기를 자주 나누는 편인데요, 이번 '디카시 체험 한마당'의 준비 과정에서는 시의 사회적 실천에 대해 함께 고민하는 과정을 겪었습니다. 저 또한 오래 전부터 생태환경에 시력(詩力)

을 모으고 있었기에, 이번 행사가 제겐 남다르게 와닿았지요. 이제 생태문학은 단순히 생태환경의 복원이나 보존을 강조하는, 정적(靜的)인 문예운동으로 그쳐서는 안 된다는 생각입니다. 현장성이 강조되고, 다양한 실천이 뒤따르는 문학. 디카시는 이러한 고민에 대한 하나의 대답이 될 수 있으리라는 생각입니다. 생태환경의 한가운데서 바람직한 생태환경을 포착하고, 살아있는 현장 그대로를 생생한 이미지로 옮기는 작업이라는 점에서, 이 디카시 운동은 지금까지의 생태문학을 한걸음 더 나아가게 하는 한 계기가 될 수 있을 것이라는 생각이 들더군요.

김종회 : 배한봉 선생님의 말씀대로 이번 디카시 기획은 생태문학과 매우 밀접한 관련이 있습니다. 그런 점에서 생명환경농업과 접목시킨 점은 탁월한 발상이라 할 수 있겠지요. 대상의 순간적 형상, 혹은 즉물성을 포착해낸다는 점에서 디카시가 고성생명환경농업에 주목하는 것은 서로 윈윈할 수 있다는 가능성을 염두에 둔 것이겠지요. 이에 대해 선생님들 생각은 어떠하신지 자유롭게 말씀들을 좀 해주시겠습니까?

김수이 : 이번 행사에서 제가 흥미롭게 본 것 가운데 하나는, 서울 지역 주민들께서 직접 여기까지 내려와 생명환경농업의 현장을 둘러보던 일이었습니다. 이는 곧 신뢰할 만한 제품을 소비자들이 현지에서 직접 구매함으로써 생산자와 소비자의 유통 구조를 획기적으로 전환시킨 경우겠지요. 그런데 그 먼 길을 찾아오는 소비자들이 단지 제품만을 구매하는 데 그치지 않고, 생산지에서 그와 관련된 문화체험을 함께 할 수 있다면 어떨까, 하는 생각을 얼핏 해보았어요.

디카시는 순간적 형상, 혹은 즉물성을 중시한다는 점에서 전문적 시관을 갖추지 않은 이들도 쉽게 접근할 수 있는 갈래라는 생각이 듭니다. 먼 길을 찾아온 소비자들이 자연생태계의 순간적 형상에서 유발되는 서정을 손쉽게 표현해 낸다면, 이는 분명 새로운 재미가 될 것입니다. 그런 점에서 이번 '디카시 체험 한마당'과 같은 행사는 분명 농촌사회의 새로운 소비문화가 될 수도 있겠다는 생각입니다.

홍용희 : 저 또한 김수이 선생님의 생각과 비슷한 생각을 해 보았는데요. 여러 해 전부터, 쌀 소비 감소와 FTA 등으로 농촌은 여러 겹의 고통 속에 놓여 있는 게 현실입니다. 더구나 올해는 대북 지원이 중단되면서 쌀 소비는 더욱 감소되었고, 엎친 데 덮친 격으로 쌀 생산이 최대의 풍작이라 농촌의 어려움은 더 커졌습니다. 이런 상황에서 이번 생명환경농업과 디카시의 연계는, 농촌의 특성화 방안의 주체가 단순히 정부나 제도적 차원에서만 가능한 것이 아니라, 생산자와 소비자 차원으로까지 확대될 수 있는 가능성을 생각게 해주었습니다.

아울러 날이미지를 대상으로 삼는다는 디카시의 갈래적 특성을 고려해볼 때, 농촌현장이라는 것 자체가 거대한 하나의 날이미지가 될 수 있지 않을까, 하는 거시적 이해를 해봅니다.

박주택 : 김선생님이나 홍선생님 말씀대로 이번 행사가 '생산자 ― 소비자' 간의 직거래 유통 구조에서 더 나아가, 새로운 문화 체험이 접목되었다는 점에서 의의가 있을 것 같습니다. 그러나 이 또한 지역 행정 단체의 기반이 전제될 때라야 가능한 일이겠지요. 그런 점에서 저는 이 지역 군수님의 활동이 참 인상 깊

더군요. 지역 곳곳의 크고 작은 일들과 그 관련된 분들을 모두 기억하고 있고, 그에 필요한 여러 지원들을 꼼꼼히 챙기시는 걸 보니, 어지간한 애정이 없으면 저럴 수 있겠는가 싶어요. 그런 점에서 생명환경농업과 디카시 모두 빠른 시간에 이 지역의 특화된 상품이 될 수 있을 것 같다는 생각이 드네요. 다만, 디카시 운동이 이 지역에서 좀 더 활성화되기 위해선, 아까 홍용희 선생이 언급한 것처럼 소비자 참여를 유발하는 것과 더불어, 이 지역 생산자들 또한 디카시를 좀더 구체적이고 직접적으로 체험하고, 또 좀 더 쉽게 참여하는 방법을 모색해야 하지 않을까 하는 생각입니다.

김종회 : 세 분 선생님의 공통된 생각은 디카시가 생활현장에서의 새로운 문화담지체로 기능할 수 있는 가능성에 맞춰져 있는 것 같습니다. 그렇다면, 오늘날 문학의 위기라는 문학 현실적 측면에서 이번 생명환경농업과 디카시 체험의 연계는 어떻게 이해할 수 있을까요?

서하진 : 사실 오늘날의 문학이 위기 상황에 빠지게 된 이유 가운데 하나로는, 예술적 표현의 주된 영역이었던 현실을 문학이 진지하게 고민하지 않은 데서 찾을 수도 있다고 생각합니다. 가볍고 감각적인 터치로만 현실을 그리다보니 문학이 현실의 리얼리티를 제대로 재현하지 못하게 되고, 독자들은 현실과 동떨어진 문학들에서 이질감을 느끼게 된 것이죠. 디카시의 초점이 일차적으로 일상의 풍경이나, 사물, 혹은 현장들에 맞춰져 있다는 점에서 그 재현된 텍스트나 이미지는 현실의 충실한 재현이라고 볼 수 있겠지요. 이런 점에서 앞서 여러 선생님들이 말씀하신 디카시의 발전가능성에 대한 전망은 충분히 타당한 것이라 생

각됩니다.

조정권 : 시인의 한 사람으로서 시가 읽히지 않는 시대를 살아간다는 것은 참으로 고통스러운 일입니다. 그런데 오늘 이 자리에 와서 든 생각 가운데 하나는 '읽히기 위한 시' 만 생각했기에, 오늘날 시인들이 시의 위기에 직면하지 않았나 하는 생각을 하게 되었습니다. 보이는 시, 들리는 시 등 인간의 오감을 모두 활용할 수 있는 시양식에 대한 고민이 좀 더 치열해야 할 것 같다는 생각이 드네요. 많은 시인들이 시의 원천으로 삼는 풍경이나 혹은 일상의 서사는 분명 오감을 통해 경험되는 것일텐데, 정작 그것의 메타양식인 시에서는 한두 감각에만 의존해 왔으니, 독자들 입장에선 더 이상 새로울 게 없을 수도 있겠다 싶네요. 저도 오늘 즉흥적으로 몇 편의 디카시를 써 보았는데, 그 과정이 상당히 흥미롭더군요. 액정화면의 제약 때문에 시가 자연스레 압축되고, 그러다보니 절로 내적 긴장이 생기고……. 이교수님, 제 작품도 실어주실 거죠?(모두 웃음)

이상옥 : 아이고 참, 선생님. 선생님의 작품이라면 당연히 실어야죠. 사실, 제가 처음 이 디카시를 시작할 때만 해도 이에 대한 대중적 이해가 참 어려운 일이었습니다. 그런데, 오늘 여러 시인분들과 소설가, 그리고 평론가분들과 함께 디카시의 구체적 체험과 그 기능, 혹은 그 가치에 대한 얘기를 편하게 나눌 수 있어 좋습니다.

김종회 : 조정권선생님께서 디카시 체험을 아주 제대로 하신 듯 하네요. 하하. 그렇다면, 평자들로부터 흔히 '일상과 풍경의 경계를 포착한다' 는 평을 들

는 박주택 선생님께선 이 디카시를 일상성과 연관지어 미래 디카시의 발전 양상이나 그 가치에 대해 말씀해 주셨으면 하는데요?

박주택 : 그러지 않아도 저는 디카시를 접하면서 매체적 관점에서 시의 미래 양상을 생각해 보게 되었습니다. 십수 년 전만 하더라도 시는 소설 못지않은 대중성을 지닌 갈래였지요. 버스를 타거나 지하철을 타면, 대학생들뿐 아니라 일반 직장인들, 심지어 중고등학생들의 손에까지 시집이 들려있는 풍경을 흔하게 볼 수 있었으니까요.

최근 e-book의 시장이 점차 확대되고 있다는 뉴스를 자주 접합니다. 국내외 대표 기업들이 저마다 전자책 시장을 선점하기 위해 다양한 매체 개발에 힘을 쏟고 있다더군요. 이런 매체의 진화에 맞춰 이제 시도 활자만으로의 고정된 틀을 벗어나는 것도 의미 있는 작업이라 여깁니다. 디카시는 한 본보기가 될 수 있겠지요. 당장에도 디카시는 최근 보편화 된 PMP 같은 매체들에서 충분히 구현될 수 있을 테니까요. 생생한 이미지에서 촉발된 시를 LCD 화면을 통해 읽는 재미는, 활자매체가 주는 매력과는 분명 다른 느낌일 것입니다.

김종회 : 박주택 선생님의 말씀을 듣고 보니 디카시의 미래상이 그다지 낯선 풍경은 아닌 듯 싶군요. 그렇다면 디카시의 문학적 가치도 만만한 것 아니겠다는 생각이 드는데 어때요, 김수이 선생님?

김수이 : 박주택 선생님의 말씀을 들으면서 저는 불현듯, 까마득한 과거의 시 형태에 생각이 가닿았습니다. 우리 한시의 전통에서 보자면, 사물은 제 스스로

성색정경(聲色情境)을 다 갖추고 있어서, 시인이 그것을 직접 다 말하는 것이 아니라, 사물이 제 스스로 말하도록 해야 한다는 것이지요. 디카시는 이런 전통적 맥락에도 연결될 수 있지 않을까, 하는 생각을 해보았어요. LCD창에 구현된 날 이미지와 그것에서 촉발된 시구절의 조화는 매체만 달리 했을 뿐, 그 연원을 거슬러 가자면 우리의 전통 그림과 한시의 조화를 연상할 수 있는 것이지요. 이런 점에서 디카시는 '문학과 그림의 결합'이라는 우리 문학의 전통을 일정 부분 담지하고 있다고까지 감히 말씀 드릴 수 있겠지요.

김종회 : 여러 선생님들의 말씀을 종합해 보니, 디카시가 최근의 매체 변화에 따른 일시적 현상이거나, 갑작스런 출현물이 아닐 수도 있다는 것이군요. 그런 이번 행사를 기획하고 준비하신 이상옥 선생님의 말씀을 한 번 들어볼까요?

이상옥 : 이번 행사를 준비하는 입장에서 사실 부족함이 많아, 전국의 여러 문인들을 모시는 일이 행여 송구스러운 일이 아닐까, 조심스러웠던 게 사실입니다. 그런데 여러 선생님들께서 디카시의 전통적 맥락에서부터 미래적 양식으로까지 그 획을 이어주시니 저로서는 상당히 자신감이 생기고, 또 디카시의 이론적 바탕을 다지는데 더할 수 없이 많은 도움이 될 수 있겠다는 생각입니다. 또 조정권 선생님의 디카시는 그야말로 가슴떨림 그 자체여서 뭐라 말씀 드릴 수가 없습니다. 모쪼록 오늘 이 자리 여러 선생님들의 말씀들을 잘 갈무리해서 한 해 한 해, 더 나은 행사가 되도록 더욱 애를 쓰도록 하겠습니다.

김종회 : 여러 선생님들께서 이번 '고성생명환경농업'과 '디카시 체험전'에

서 뜻 깊은 경험을 하신 듯합니다. 이러한 경험들이 이제 또 구체적 작품으로 재현되어 대중들에게 읽히게 되겠지요. 더불어 고성이 추구하는 '생명환경농업'이 '디카시'라는 새로운 문화담지체를 통해 알려진다면, 디카시는 단순히 심미적 기능뿐 아니라 문학의 사회적 실천 도구로까지 인정받을 수 있는, 미래지향적 갈래로 나아갈 수도 있을 것입니다. 그러기 위해선 이제 좀 더 정교하게 이 디카시에 대한 담론이 마련되어야 할 것입니다. 비록 좌담회의 형식으로 자유롭게 이루어진 자리이긴 하지만, 이 자리가 그런 자리가 될 수 있기를 바랍니다.

이제 끝으로 고성을 방문한 소감을 간단히 덧붙이는 것으로 자리를 마무리하도록 하죠.

서하진 : 아까 아침나절에 동네 가게에서 컵라면을 먹는데 주인 아주머니가, 직접 담근 김치 한 보시기에, 도라지 무침과 국물김치를 내주시더군요. 도회지에선 좀체 기대할 수 없는 인심이죠. 정작 허기진 배를 라면보다는 그 인심으로 채웠지요. 이제 여기 와서 저 자란만의 자잘한 물살을 보니 이 지역민들의 그 결 고운 마음들이 무엇을 닮았는지 알 수 있을 것 같아요(모두들 입맛을 다시며 "맞다, 맞다"라고 호응, 그리고 웃음).

김수이 : 전 이번 일정이 시골 들녘과 바다로만 이어지는 것이라 생각했다가, 아까 낮에 '옥천사'라는 절엘 잠시 들를 기회가 있었어요. 자란만만큼이나 고요한 절집이더군요. 옥샘에 얽힌 옛이야기 때문인지 샘물이 맛있더군요. 그래서 한 병 담아왔어요. 근데, 이건 문화재 유출 아니죠?(다들 웃음).

홍용희 : 서울에 살다보면 바다 보는 일이 쉽지가 않지요. 가까이 인천도 있 긴 하지만, 일부러 큰맘 먹기 전엔 그조차 쉽지 않은 일입니다. 그래서 이번 고성 걸음은 인상에 남네요. 사실 몇 해 전에도 여기 다녀간 적이 있는데, 올 때마다 느끼는 것은 "참 좋다~"입니다. 하하(여기저기서 "참 좋다~" 소리).

박주택 : 전 오늘 낮에 해안가를 따라 공룡발자국을 더듬어 다녔습니다. 선명 하고도 거대한 그 발자국들을 눈으로 짚으며 저는 중생대의 한가운데를 거니는 상상을 했더랬지요. 여기저기 우렁찬 공룡들의 고성(高聲)이 자란만을 쩌렁쩌 렁 울려대는 것 같았습니다. 지금 저 고요한 자란만의 밤바다 아래엔 1억 년 전 의 무수한 울음들이 물결 따라 누웠을 것이란 상상을 합니다. 그런 풍경들이 한 동안 가슴속에서 떨어져 나가지 않을 것 같습니다.

배한봉 : 서울서 선생님들 뵙다가 제 삶터 가까이서 뵈니, 제가 주인인 듯한 생각이 들어 대접을 잘 해야겠다, 했는데 가게 아주머니, 절집, 바다, 공룡 들이 제 역할을 다한 듯해서 참 홀가분합니다. 저희 동네가 보통 이렇습니다. 하하(모 두 웃음).

이상옥 : 처음 이 행사를 펼칠 때를 생각하면 오늘 이 자리는 제게 매우 감격 스럽습니다. 여기 계신 김종회 선생님을 비롯해 여러 선생님들이 아니었더라면, 어찌 이 일을 다 감당이나 했겠습니까. 배한봉 선생님 말씀따나 어찌 대접해야 하나, 고민스러웠는데, 가게 아주머니, 절집, 바다, 공룡, 그리고 배한봉 선생님 께서 제 역할을 대신했다 하시니 고마울 따름입니다. 하하. 그리고 그렇게 따지

자 치면 홀가분하기가 저만 하겠습니까. 하하(모두 웃음). 모쪼록 고맙습니다. 특히, 배한봉 선생님은 제 곁에서 많은 일을 덜어주셨는데, 어쩌겠습니까. 이게 인연이라면 제 짐도 함께 져주셔야지, 안 그렇습니까 배선생님? 하하(모두 웃음).

김종회 : 하하, 다들 좋은 기분으로 자리를 마무리할 수 있어 더없이 좋은 밤입니다. 여러 선생님들의 웃음소리를 듣고 있노라니 저 자란만의 밤물살 소리가 이 안에 철렁이는 것 같아 환상적입니다. 그럼 이 환상적인 분위기를 조정권 선생님께서 이번에 쓰신 디카시로 마무리할까요? 어떻습니까? (모두들 '좋다'고 동의)

조정권 : 디카시를 처음 써봤는데, 이게 참 매력적이구만요. 고성에서 함께한 시간들을 다함께 생각하며 들어주시면 좋겠습니다.

이곳에 오니 사람들
마음에서 사라진
평온함이 모여
살고 있구나
― 조정권, 〈고성 앞바다〉

(시 낭송) 끝난 뒤 모두 박수.

월간《스토리문학》2010년 1월호

신년특집좌담: 현대시의 새로운 경향과 디카시

참가자: 이상범 (시조시인), 이상옥 (창신대 교수),

유성호(한양대 교수),

김순진《스토리문학》발행인)

김순진 : 월간《스토리문학》이 기획하는 2010년 1월호 신년 특집 좌담에 세 분 선생님을 모시게 된 것을 매우 기쁘게 생각합니다. 이번 좌담에서는 우리 현대시의 새로운 경향 가운데 하나로 관심을 불러일으키고 있는 '디카시' 를 중심으로 이야기를 나누게 되었습니다. 이상범 선생님께서 2007년 출간한 디카시집 《꽃에게 바치다》의 해설을 유성호 교수님과 이상옥 교수님이 함께 쓴 인연도 있는데, 오늘 신년 특집 좌담에 세 분 선생님을 모셔서 더욱 뜻 깊은 자리가 될 것으로 생각합니다.

최근 이상범 선생님께서는《경향신문》오피니언 면에 '이상범의 디카시' 라는 연재 코너를 통해 디카시에 대한 대중적 관심을 촉발시키신 바 있습니다. 이상옥 교수님께서는 2004년부터 '디카시' 라는 용어를 처음 쓰면서 디카시 운동을 주도해오고 계십니다. 현대시의 경향을 가장 잘 파악하고 계시고 현재 한국 문단에서 가장 왕성한 비평 활동을 하고 계신 유성호 교수님께서도 디카시 잡지를 방송에 직접 소개해주실 만큼 애정을 가지고 계신 것으로 알고 있습니다. 오늘 좌담에서 유 교수님의 디카시에 대한 견해가 자못 궁금합니다. 먼저 '디카시' 라는 용어를 처음 쓰셨고, 디카시집과 디카시론집 그리고 디카시 잡지 등을 내면서 디카시 운동을 주도하고 계신 이상옥 교수님께서 디카시의 전개 과정을 말씀해주시죠.

이상옥 : '디카시' 라는 용어는 제가 2004년 4월부터 온라인 한국문학도서관 저의 서재에 2개월간 50편 연재하면서 처음 사용했고, 동년 9월에 '문학의 전당' 에서 최초의 디카시집《고성가도(固城街道)》를 출간하면서 공론화되었습니다. 이후 저는 디카시를 제 개인의 실험을 넘어 일종의 '장르' 개념으로 끌어올리기 위하여 여러 가지 작업을 했습니다. 다음카페 디카시 마니아 개설(2004년 9월 17일), 무크《디카詩 마니아》창간(2006.1), 반년간《디카詩》재창간(무크지를 반년간지로 변경 현재 통권 7호 발간), 경남 고성 디카시 페스티벌 매해 개최 (2008년부터), 시가 흐르는 서울 선유도 행사(2009) 등 디카시 운동을 이끌어왔습니다. 그런 가운데, 이상범 선생님이 디카시집《꽃에게 바치다》(2007)를 출간하고, 2009년《경향신문》오피니언 난에 매주 디카시를 연재하여 큰 반향을 일으킨 바 있습니다. 이런 일련의 과정을 거치면서 디카시는 온오프라인을 망라하여 널리 확산되었습니다.

곁들여 잠깐 디카시 개념에 대해서 말씀 드리겠습니다. 디카시는 기존의 포토 포엠과는 다른 장르입니다. 디카시는 시를 먼저 써놓고 그에 어울리는 사진을 조합하는 전통적 방식이 아니고, 자연이나 사물 속에 내재하고 있는 시적 형상을 디지털카메라로 찍어 문자로 재현하는 겁니다. 시인이 시를 창작한다는 개념보다는 자연이나 사물 속에 있는 시를 포착한다는 말이죠. 그러니까 시인의 상상력보다는 자연이나 사물의 상상력 즉 신의 상상력을 중시한다는 거죠.

김순진 : 디카시가 기존의 시의 상상력과는 달리 자연이나 사물의 상상력을

포착한다는 말씀이 인상적입니다. 시인의 상상력 너머에 존재하는 시적 형상을 디지털카메라로 포착하여 그것을 문자로 재현하는 것, 즉 '영상 + 문자'로 이루어지는 디카시는 기존의 언어 예술이라는 통념을 넘어서는 일종의 크로스오버 혹은 하이브리드 문학의 속성을 지니는 것이군요. 이런 점에서도 디카시는 현대시의 새로운 경향을 드러내는 것 같습니다. 유 교수님, 먼저 우리 시의 새로운 경향을 말씀해주시고, 새로운 경향의 하나로서 디카시의 의미에 대해서 말씀해주시죠.

유성호 : 최근 우리 시의 변화 가운데 가장 눈에 띄는 현상은, 전통적으로 '시' 혹은 '시적인 것'이라고 이야기되었던 범주가 새롭게 구성되고 확장되고 내파(內破)되는 과정에 있지 않을까 생각합니다. 매체나 시인의 숫자가 급증하였고, 그것은 그대로 '시의 위기' 자체를 희화화하는 예외적 활력으로 나타나고 있기도 합니다. 이러한 현상이 일종의 집체성을 가지고 나타난 것이 일군의 젊은 시인들이 아닐까 합니다. 물론 이들은 저마다의 음색으로 시를 쓰고 있고 계보화 자체를 불가능하게 하는 다양성을 보여줍니다. 하지만 어느 정도 공통점도 있는데, 감각을 중시한다든지 초과된 언어 형식이라든지 '시' 아닌 것들과 상호텍스트적으로 접합해서 시를 쓴다든지 하는 것 말입니다. 그 점에서 최근 우리 시의 변모는 일종의 '초과된 상상력'을 새롭게 가다듬고 개성화하려는 의욕과 함께, 다양한 매체적 경험들의 수용으로 나타난다고 생각됩니다. 이러한 현상의 연장선상에서 '디카시'를 바라볼 수 있지 않을까 하는데요. 사진과 시를 동시에 찍고 쓰는 작업은, 우주의 비밀을 '눈(사진)'과 '귀(시)'로 동시에 보고 듣는 일종의 멀티 예술의 형식을 띠게 되지 않습니까? 언어가 다른 물질 형식과 결합하면서

이루어낸 '언어를 넘어서는 언어 예술' 이 바로 디카시의 의의이기 때문이지요. 그 점에서 디카시의 전개와 성취 과정을 눈여겨보아야 한다고 생각합니다.

김순진 : 이상범 선생님은 우리 시대 보기 드물게 시서화 삼절이신데, 디카시가 어떤 측면에서는 서양의 구체시나 동양의 시서화의 전통을 이어받고 있다는 점에서 이 선생님의 디카시 작업은 더욱 의의를 지니는 것 같습니다. 앞에서 지적한 바대로 이상범 선생님은 최근 《경향신문》에 디카시를 연재하여 주목을 받고 계신데, 선생님이 생각하는 디카시는 어떤 것입니까?

이상범 : 우선 새롭고 신선한 사진으로서의 영상이 포착되어야 합니다. 지금도 빼어난 사진작가들은 온갖 시도와 예술성을 획득하기 위한 작업을 해오고 있으니까 이를 무시할 수는 없을 것입니다. 많이 배워야 합니다. 그 다음이 시인의 시도입니다. 때문에 디카시의 경우 사진의 중요성은 매우 높다고 봅니다. 이 말은 디카시에선 사진이 디카시를 리드해 나가는 역할을 해야 한다고 봅니다. 이는 사진이 곧 시를 읽게 하고 음미하게 하는 충동의 매체가 된다는 것입니다. 때문에 사진에서 단순한 영상으로선 시의 욕구를 충족할 수 없을 것입니다. 결론적으로 디카시는 영상에서 한 차원을 높이고 시에서 또 한 차원을 높인다고 할 때, 영상과 시를 합치면 3차원이 된다고 하는 목표를 설정할 수도 있을 것입니다. 적어도 그 같은 정신은 필요하다고 봅니다. 물론 모든 작품이 그리 쉽게 이루어지는 것은 아니겠지만요.

김순진 : 이상범 선생님의 디카시 담론에 대해서 이상옥 교수님은 어떤 견해

를 가지시는지요?

이상옥 : 이상범 선생님의 디카시 작업은 매우 소중한 겁니다. 주지하다시피, 이상범 선생님은 우리 시대 보기 드문 장인 정신을 지닌 시인이시죠. 자연에서 포착하는 디카 영상에 대해 매우 엄격한 예술성을 전제로 하죠. 그런 점만으로도 이상범 선생님의 작업은 큰 의미를 지닙니다. 물론, 제가 생각하는 디카시의 예술성은 이상범 선생님과 다소 차이가 나는 면도 없지 않습니다. 저는 디카시의 사진 영상이 사진작가의 그것과는 다소 차이가 날 수 있다고 봅니다. 시인의 눈으로 포착하는 '날시' (자연이나 사물 속에 내재하는 시적 형상)가 때로는 사진 예술적 관점에서 평가받지 못하는 경우에도 시적 관점에서는 유의미할 수도 있는 것이죠. 디카시의 영상과 사진작가의 그것과는 차별화되는 예술성을 인정해야 한다고 봅니다. 그건 그렇다 치더라도 이상범 선생의 장인 정신으로 빚은 영상과 문자의 배합은 나름대로 디카시의 중요한 한 영역이 될 수 있음을 거듭 확인합니다.

그럼에도 부언하고 싶은 건 오늘날에는 순수 예술이라는 관점도 많이 흔들리고 있습니다. 원래 예술이라는 개념 자체가 매우 유동적인 것이거든요. 이런 점에서 디카시는 기존의 순수 예술적 관점으로만 쉽게 재단할 수 없는 개성을 중시해야 한다고 봅니다.

김순진 : 이상범, 이상옥 두 분 선생님의 디카시 견해에 대해서 유성호 교수님은 어떻게 평가하시는지요?

유성호 : 디카시의 가장 중요한 속성은, 묘사와 재현의 역할은 최대한 사진에 부여하고 시는 다시 그것을 묘사하는 방법을 택함으로써 사진과 시 가운데 어느 하나가 다른 하나의 종속물로 전락하거나 어느 하나가 다른 하나를 번안(飜案) 하는 것이 아니라 서로 대등하게 결속하고 친화하는 멀티 예술이라는 점 아닙니까? 그 감각의 풍경 속에서 우리는 '언어를 넘어서는 언어 예술'의 극치를 경험하게 되는 것이고요. 하지만 그것을 '디카시'로 명명하는 한 그것은 '시'일 수밖에 없다고 생각됩니다. 그래서 사진의 예술성이 다소 미완에 머무를지라도 그 '순간의 충만함'을 구성해낸 시인의 시적 상상력을 더 중시해야 하지 않을까 생각하고 있습니다.

김순진 : 2004년부터 공론화된 디카시가 이제는 우리 문단에도 많은 관심을 가지고 있는 것 같습니다. 문예지만 하더라도 월간 《시문학》, 계간 《다층》, 《시에》, 《신생》, 《21세기 문학》 등에서 다룬 것으로 알고 있고요. 축제 형식으로 경남 고성 디카시 페스티벌이나 서울 선유도에서 디카시 콘텐츠의 시가 흐르는 서울 행사 등을 가졌고, 또한 휴대폰으로 실시하는 디카시 백일장 등도 큰 호응을 받고 있죠. 이렇듯 디카시가 현대시의 새로운 경향으로 자리잡아가는 것은 어떤 이유 때문일까요?

이상범 : 디카시가 수적인 면에서나 참여의 면에서 그 폭을 계속 넓혀 가는 데 혼신의 노력을 다해야 할 것입니다. 이 같은 작업의 일환으로서 '디카시 페스티벌'이나 '디카시 낭송회' 그리고 눈길을 끄는 '휴대폰으로 실시하는 백일장'은 계속 장려 되어야 할 행사라고 여깁니다. 이는 디지털 시대에 임한 문학, 특히

시를 열어가고 쉽게 접근할 수 있는 자연스러운 현상이 아닐까 싶습니다.

유성호 : 디카시에 대한 관심의 점증(漸增) 현상은, 영상 매체 주도 시대에 시적 가치를 일깨우고 인간을 궁극의 원리로 인도하는 양식적 탐색의 결과라고 생각합니다. 속도전의 무모함과 자기 소모적 열정의 신화로부터 현대인의 감각과 원초적 인지 능력을 복원하는 데 필요한 경험적 시사를 얻게 하는데도 디카시가 일조할 것이고요. 저는 이제 디카시에서도 일종의 정전(正典)이 출현하고 다양한 향유층이 나오리라고 봅니다.

이상옥 : 디카시는 이제 오프라인상의 잡지 못지 않게 자연발생적으로 온라인에서 이루어지는 디카시 담론입니다. 근자에 인터넷 카페나 블로그 등 여러 곳에 자생적인 디카시 모임이 이루어지고 있는데, 냉정초등학교(경기도 시흥) 3학년 5반 학생들 중심 다음카페 '냉정 — 미디어' 에서 실시한 학생들의 디카시 경연 대회를 눈여겨보았습니다.

신발은 1짝 1짝 모여야지 비로소 한 켤레가 되요.
그렇게 모이다 보면
좋은 신발 새 신발 등 이렇게 모이지요
하지만 아무리 좋은 신발이여도,
아무리 새 신발이여도.
두 짝이 모두 있지 않으면 좋은 신발이 아니에요.
모두 협동하는 세상. 어떤가요?
모두 우리 함께 힘을 합치지 않겠나요?
— 장세령, 〈신발〉 전문

초등학교 5학년의 작품을 보면서, 그동안 디카시 운동의 결실이 맺기 시작하는구나 하고 느낍니다. 좋은 신발이라도 둘이 존재할 때 의미가 있는 것이지, 하나로서는 소용이 없다는 것에서 협동하는 세상이라는 당위를 끌어내는 시적 논리가 예사롭지가 않지요. 디카시는 디지털 세대의 새로운 감각에 꼭 맞는 시라는 생각을 기성 시인의 작품보다는 초중고 학생들의 디카시에서 하게 돼요. 휴대폰으로 순간 포착하여 생산해낸 디카시 백일장의 작품들은 제가 기회 있을 때마다 주창한 디카시의 순간포착, 날시성 등의 특성이 생생하게 드러나거든요.

문자 매체 시대를 넘어 멀티미디어 즉, 문자 + 영상으로 소통하는 시대에 가장 기본적 코드인 '디카 영상과 문자'로 표현하는 디카시가 우리 시대의 새로운 시정신을 담보할 수 있다는 점 때문에, 디카시는 디지털 시대의 새로운 현대시의 경향의 하나로 자리 잡을 수 있는 것이겠지요.

김순진 : 디카시 창작에 참여한 시인들도 많다고 들었습니다. 문덕수, 정진규, 오세영, 나태주 등의 원로 중진 시인을 비롯하여 박주택, 송찬호, 최서림 등 최근 매우 왕성하게 활동하는 보다 젊은 시인에 이르기까지 100여 명 이상의 시인들이 디카시 창작에 참여했고, 또한 디카시 담론에도 김종회, 김완하 등 다수의 이론가가 참여한 것으로 알고 있습니다. 앞으로 디카시의 확산과 발전 방향에 대해서 말씀해주시죠.

이상옥 : 디카시는 우리 기성 시인들보다는 디카 세대, 미래 세대에게 더 유효한 양식이라고 봅니다. 그래서 디카시를 앞장서서 주창하는 우리들이 그들을 위해 단단한 디카시의 길을 열어야 할 겁니다. 디카시도 하나의 예술이기 때문에 디카시의 시성을 확보하는 방향이 되어야 하기 때문에 디카시 잡지를 중심으

로 더욱 정교한 디카시론 구축과 아울러 예술성 있는 디카시 쓰기 등이 모범으로 제시되어야겠지요. 디카시 페스티벌, 학술 대회 같은 디카시 이벤트도 더욱 활성화되어야 하고요.

유성호 : 디카시는 자연 사물을 원석(原石)으로 하면서 시를 그 옆에 가공하여 병치하는 과정을 통해, 사물과 시적 언어가 동시에 포착되는 예술적 경지를 열고 있습니다. 하지만 아직은 양식적 낯섦이 있으니 다양한 행사를 통해 대중적 인지를 넓히고 또 많은 시인들이 양식적 자각을 수반한 창작 활동을 넓혀가야 하리라 봅니다.

이상범 : 디카시의 확산 방향에 대하여는 이미 앞에서 언급했습니다. 물론 앞으로 계속 연구하고 언급될 사항입니다. 앞으로 디카시의 발전 방향에 대하여는 사진예술에 대한 꾸준한 습득입니다. 다음은 작고 질 좋은 값싼 디지털카메라의 획득입니다. 그 다음은 '포토샵'에 대한 이해와 활용인데 공부해야 합니다. 사진 예술을 몇 단계 끌어올리는 역할을 해주니까요. 디카시의 발전에 기여할 수 있다면 어떠한 어려움도 감내해 나가는 노력이 병행되어야 합니다.

김순진 : 앞에서 언급했습니다만, 이상범 선생님의 《경향신문》에 연재한 디카시의 의미에 대해서도 두 분 선생님이 말씀해주시죠.

유성호 : 매우 중요한 코너지요. 우리 시조시단을 대표하는 원로 시인이 가장 첨단의 시 양식을 그것도 매우 세련되고 아름다운 언어로 표현하고 계시니, 세

대간, 양식간, 언어-비언어간의 소통에 매우 중요한 역할을 하고 계시다 생각됩니다.

이상옥 : 앞에서 지적한 바와 같이 이상범 선생님의 연재물은 디카시의 존재를 알리는데, 큰 기여를 했고, 나아가 유수의 신문에서 지면을 할애했기 때문에 일반 대중의 디카시에 대한 신뢰도를 높이는 데도 크게 기여했다고 봅니다.

김순진 : 이상범 선생님은 《경향신문》 연재 디카시 창작 과정을 좀 말씀해주시고, 나아가 이들 연재물을 출간할 계획은 없으신지요?

이상범 : 한 1년간, 330일 정도는 사진의 현장에 나갔습니다. 현장이란 산과 들의 풍경과 풀꽃, 그리고 야생화가 있는 곳입니다. 100장에서 200장 사이를 찍어 와서 포토샵에 올린 다음, 추리는 작업을 네 시간에서 다섯 시간 정도 했습니다. 추리는 작업 속에는 작업 없이 쓸 수 있는 것, 디자인을 필요로 하는 것, 등을 선별하고 바로 한 작품의 포토샵 작업을 하게 됩니다. 정리를 하면서 "이거 하나 건졌다!" 하는 느낌을 받았을 때가 기뻤습니다. 이 같은 작업의 첫째는 포착의 신선도입니다. 새롭게 느껴지는 경이와 신비의 감흥입니다. 시집 출간에 대하여는 신문사의 정관이나 룰을 알아봐야 하겠습니다. 물론 출간해야지요.

김순진 : 두서없이 진행하다 보니, 벌써 많은 시간이 지났습니다. 끝으로 디카시를 중심으로 한국 현대시의 나아갈 방향에 대해서 말씀해주시죠.

유성호 : 저는 궁극적으로는 디카시는 새로운 양식으로 한국 현대시의 풍요로움에 기여할 것으로 봅니다. 하지만 디카시가 현대시 전체 지형의 대안으로까지 부상할 수는 없다고 생각합니다. 그 대신에 다양성의 중요한 표지(標識)로 성장하여 '시'라는 예술의 자기 진화의 한 모습을 보이리라 기대합니다. 저 역시 그것의 담론화에 일조해보리라 다짐해봅니다.

이상옥 : 시가 언어 예술이라고 언어의 개념을 너무 협소화시켜서 문자에만 한정시킬 필요는 없다고 봅니다. 디지털 영상 시대에는 시의 언어의 외연을 보다 넓혀야 합니다. 문자시는 문자 시대로 여전히 발전시켜야 하지만, 디카시 같은 새로운 시도도 현대시의 범주로 적극적으로 수용해야 하겠지요. 매체의 발전에 따라 시도 진화할 수밖에 없는 것이겠지요. 문자 언어 시대를 넘어 멀티 언어 시대를 맞이하여 현대시는 분명 새로운 모색을 해야 할 때입니다.

이상범 : 디카시의 탄생은 가만히 눈여겨보면 아날로그 시대에서 디지털 시대로 넘어가는 과정에서 창출되었다고 봅니다. 디지털카메라에 필름이 아닌 칩이 나오면서 사진 인구가 급속히 확산되어 누구나 다 지니는 휴대품이 되었습니다. 쉽게 말하면 전국민이 사진작가(?)일 수도 있겠습니다. 그것이 얼마만한 작품성과 새로움을 주느냐에 따라 차이가 나겠지만요. 20대와 30대는 인터넷으로 신문을 봅니다. 이들에겐 읽는 것 반, 보는 것 반인 셈인데 이것이 곧 디카시의 출현을 가능하게 한 듯이 보입니다. 현대시의 진로나 디카시의 진로는 한 배를 탄 배의 진로는 아닌지요. 동일 선상에 놓고 봐야 하겠습니다. 그런 의미에서 시도는 시도대로 작품성과 예술성은 갖추어야 하고 시단의 한 장르로서 자리매김

을 해야 된다고 봅니다. 이를 위해선 외연의 확대와 함께 다른 한 편에선 장인 정신을 지닌 이의 부단한 노력은 계속 되어야 하겠습니다. 그래야 디카시에 긍정과 수긍의 눈길을 보낼 것이니까요.

김순진 : 오늘 바쁘신 데도 이렇게 저희 월간《스토리문학》의 신년 특집 대담 '현대시의 새로운 경향과 디카시' 토론에 참석해주신 세 분께 진심으로 감사의 말씀을 올립니다.

앙코르 디카詩

초판 1쇄 인쇄일	2010년 6월 3일
초판 1쇄 발행일	2010년 6월 4일

지은이	이상옥
펴낸이	정구형
총괄	박지연
편집 · 디자인	이솔잎 채지영 김민주
마케팅	정찬용
관리	한미애
인쇄처	현문
펴낸곳	국학자료원

등록일 2006 11 02 제2007-12호
서울시 강동구 성내동 447-11 현영빌딩 2층
Tel 442-4623 Fax 442-4625
www.kookhak.co.kr
kookhak2001@hanmail.net

ISBN	978-89-279-0027-6*93800
가격	13,000원